빠라끌리또
paráclito

빠라끌리또 1

가프 장편 소설

초판 1쇄 찍은 날 § 2015년 12월 8일
초판 1쇄 펴낸 날 § 2015년 12월 15일

지은이 § 가프
펴낸이 § 서경석

편집책임 § 한준만

펴낸곳 § 도서출판 청어람
등록번호 § 제387-1999-000006호
등록일자 § 1999. 5. 31
어람번호 § 제1-2307호

주소 § 경기도 부천시 원미구 부일로 483번길 40 서경B/D 3F (우) 14640
전화 § 032-656-4452 팩스 § 032-656-4453
http://www.chungeoram.com
E-mail § chungeorambook@daum.net

© 가프, 2015

ISBN 979-11-04-90550-6 04810
ISBN 979-11-04-90549-0 (세트)

paráclito

빠라끌리또

 가프 장편 소설

도서출판 청어람

paráclito

빠라끌리또

CONTENTS

프롤로그

밍글라바!

운명을 바꿔준 빠라끌리또가 던진 한마디.
그 한마디는 내 안에 찌든 모든 것을 송두리째 리뉴얼시켜
버렸다.

빠라끌리또=협력자
밍글라바=미얀마어로 '안녕하세요'

1장
무당의 아들

일광보살!

월광보살! 천신대감!

오방신장! 관성제군! 화덕장군! 벼락장군……!

많기도 했다. 수많은 무신도(巫神圖)들이 허공을 훨훨 날아다녔다. 그런 다음 차례로 그림 안에서 튀어나왔다.

컸다.

무신도에서 나온 물체들은 고층빌딩만큼이나 컸다. 36가지 원색으로 칠해도 못 당할 것 같은 화려한 색감과 위압감에 승우는 눈 둘 곳을 몰랐다.

[이놈!]

머리에 해를 인 일광보살의 목소리가 승우를 반짝 들어 올렸다. 뭔가에 잡힌 것도 아니지만 승우는 꼼짝도 할 수 없었다.

[네가 감히 우리를 부정해?]

일광보살의 머리에서 햇살이 레이저처럼 쏟아졌다.

[네놈이 누구의 은덕을 입어 세상에 나왔더냐? 네 어미는 그토록 갸륵하게 우리를 섬겼고 네 안에도 그 피가 도도히 흐르거늘, 너는 어찌 부적만 봐도 지랄발광 경기(驚氣)를 한단 말이냐?]

"끄으……."

뭐라고 말하고 싶었지만 목이 열리지 않았다. 불덩이가 목에 걸린 느낌이다.

[저 발칙한 놈을 갈가리 찢어 몸뚱이를 곤죽으로 녹여 버리거라.]

일광보살이 명하자 다른 물체들이 다가섰다. 그중 하나가 부적을 내밀었다. '빠라' 중의 하나인 송 사장에게 빼앗아 발기발기 아작을 낸 그 부적이었다.

빠라는 빠라끌리또의 줄임말이다. 승우의 똥구멍을 빨아 주는 검찰 밖의 협력자 내지는 스폰서, 권력의 시녀들을 통칭하는 말이다.

하지만 지금은 그게 중요한 게 아니었다. 그 뒤로 도열한 무신도의 물체들은 셀 수도 없을 만큼 많은 부적을 들고 있었다. 마치 그동안 승우가 보이는 족족 찢어버린 부적 전부를 가지고 온 것만 같았다.

[네가 이토록 질긴 업보를 쌓았으니…….]

오방신장이 나서서 운월도를 휘둘렀다. 그러자 부적들이 낱낱이 찢겨 흩어졌다.

"……."

승우는 눈을 의심했다. 흩어진 부적들이 하나하나 지옥을 이루고 있었다. 어떤 것은 불의 지옥, 또 어떤 것은 가시의 지옥, 또 어떤 것은 뱀의 지옥, 심지어는 쥐들이 바글거리는 지옥도 있었다.

"안 돼!"

그 모든 지옥이 오롯이 승우를 향해 달려드는 순간, 승우는 필사의 몸부림을 쳤다.

"……!"

번쩍 눈을 뜨니 승우의 앞에는 다른 세상이 있었다. 안마시술소였다. 이제는 어느 정도 검찰 짬밥이 쌓인 승우. 격무로 쌓인 심신의 피로를 풀기 위해 이따금 이곳을 이용해 주시고 있었다.

검찰청 평검사 송승우!

비리 전문이다.

이렇게 말하면 공안 전문, 경제사범 전문, 컴퓨터 범죄 전문, 폭력 전문처럼 그런 쪽으로 특화된 검사로 오해하는 일이 많다. 그러니 오해방지용 사족을 붙이자면 승우는 비리를 전문으로 파헤치는 검사가 아니라 비리를 전문으로 저지르는 검사였다.

자타 공인 뺀질이에 염불보다 잿밥 전공인 검사!

그러나 누구보다 그 일에 자부심 더하기 자존심까지 풀세트로 갖춘 그는 재수 없는 꿈을 떨치려 머리를 저었다.

무당!

승우의 엄마는 무당이었다. 한때는 제법 용하다는 소문이 돌아 손님이 꼬이기도 했다. 부적 한 장에 1,000만 원, 굿 한 번에 3,000만 원 이상을 받을 정도였다. 화무십일홍이라고 누가 말했던가? 유명세는 오래가지 않았다. 서너 해가 지나면서 사람들의 발길이 끊겼다.

무당 엄마.

자라면서 놀림도 많이 받았다. 가장 분한 건 술주정뱅이를 아버지로 둔 찌질한 놈까지 승우를 놀려먹는다는 거였다.

술주정뱅이만도 못한 무당.

승우 엄마가 차지한 학부모의 위치가 그랬다.

마음이 아팠지만 참아 넘겼다. 불행인지 다행인지 승우는 나쁘지 않은 머리처럼 힘도 좀 셌으니 지나치다 싶은 놈들은 뭉개 버리면 그만이었다.

신통력이 떨어진 엄마는 무당을 그만두었다. 물론 중간에 사연이 있었다. 그건 일단 비밀이다. 이후로 시들시들 아프기 시작했다. 무당의 운명이라고 했다. 무당은 하늘이 허락하지 않았을 때 그만두면 몸이 아픈 거라고 했다. 신내림이란 자기 마음대로 벗어날 수도 없는 일. 그건 병원에서도 고칠 수 없는 일이었다.

그러면서도 승우의 수능 뒷바라지는 잊지 않았다.

엄마는 승우가 법관이 되기를 바랐다. 아버지가 비운의 고시생이었기 때문이다. 아버지는 고시에서 열한 번이나 떨어졌다. 그리고 폐결핵을 앓다가 세상을 떠났다. 그때 승우는 고작 두 살이었다. 그래서 아버지에 대한 기억이 하나도 없었다.

승우는 법대에 대해 심각히 생각해 본 적이 없었다. 하지만 다른 것도 딱히 되고 싶지 않았다. 그래서 그냥 진학했다. 담임이 장래 희망에 적힌 '법관'을 보고 입학사정관으로 법대를 추천했고, 거기 붙으면 수능을 안 봐도 된다기에 옳다구나 하고 동의해 버렸다.

승우가 합격한 21일 후, 엄마는 가슴앓이를 이기지 못하고 세상을 떠났다. 그때 엄마 품에서 부적이 나왔다. 혹시나 싶어 뒤져 봤더니 부적은 온갖 데 다 있었다.

승우의 팬티, 승우의 베개, 승우의 이불과 책가방 안쪽, 심지어는 운동화 안창 밑에도 비닐에 꼭꼭 싸인 부적이 있었다. 그걸로 승우의 합격을 빈 모양이다.

찝찝했다.

그 문양이, 그 색깔이 싫었다. 공연한 두려움까지 겹치자 승우는 부적 수색에 나섰다. 그때 찾아낸 게 자그마치 열여섯 장이었다.

'자기 목숨도 못 지키는 주제에…….'

한 손에 모아 태워 버렸다.

엄마가 미웠다.

부적은 그냥 만드는 게 아니다. 명경주사에 정성이 담기지 않으면 효과가 없단다. 그 명경주사를 만드는 재료 또한 장난이 아니었다. 승우가 보기에는 그저 빨간 매직 글자 같던 부적. 그걸 만들기 위해 밤을 새우는 일도 마다하지 않던 바보 같은 엄마. 부적 만들 시간에 건강관리를 했으면 어땠을까?

요란뻑적지근한 제단도 정리했다.

천신, 칠성신, 산신, 사해용신, 장군신, 걸립신…….

어찌나 자주 들었는지 승우는 이름을 기억하고 있었다. 엄마에게는 목숨이자 신앙이던 무신도. 그러나 승우에게는 흉물스러운 그림일 뿐이었다.

그렇게 귀찮은 기억들. 그런 게 대낮 꿈속에 나타났으니 어찌 기분이 상쾌할까?

'재수 없어.'

승우는 한 번 더 고개를 흔들었다.

"오빠, 그거 하다가 자는 사람이 어디 있어?"

승우의 배 위에서 여자 목소리가 들렸다. 빠라 중의 하나인 사장이 가끔 격무 위로차 서비스(?)로 넣어주는 사우나 에이스였다.

"가라!"

묵직하게 한마디 했다. 한마디면 족했다. 승우는 누가 뭐래도 대한민국의 검사였으니까.

"팁 없어요?"

"가!"

한 번 더 강조하자 여자는 입술을 삐죽거리며 밀실을 나갔다.

"벌써 가시게요?"

옷을 입고 나오자 매니저가 다가와 아부를 떨었다. 세 번이나 봐준 안마시술소. 언제든 기분만 틀어지면 엮어버릴 수 있지만 사장이 제법 기분을 맞추는 터라 단속에서 빼주고 있는 곳이다.

머니머니머니닝!

뒷문을 나서기가 무섭게 전화가 울렸다.

"아, 또 어떤 인간이……."

전화를 확인한 승우는 얼른 인상을 풀었다. 오창윤 부장이었다. 이길수 부장 이후로 새로 직속 부장이 된 오창윤. 은근 검사의 신념이 강한 스타일이었다. 오 부장 아래에서 승우는 차도형, 권오길, 나수미 등의 검찰수사관들과 팀을 이루고 있었다.

"아, 부장님!"

목청을 가다듬고 응대하는 승우.

"아, 예. 지금 사건 수사 때문에……."

승우는 태연하게 둘러댔다. 지검을 십 분 거리에 두고 말이다.

"예? 다섯 번이나요? 그건 제가 지하실에서 중요한 걸 조사하는 바람에… 예… 알겠… 습니다."

명랑하게 올라갔던 목소리가 뚝 떨어졌다.

"이 양반, 검사가 나밖에 없나? 어떻게든 부려먹으려고……."

승우는 끊어진 전화기에 대고 냉소를 뿜었다. 오 부장이 긴급 호출을 해온 것이다. 다섯 번이나 전화를 했다니 시간 한번 널널한 사람이었다.

"해괴망측한 살인 사건이라……."

승우는 하늘을 보았다. 얼마 전부터 사건 배정이 좀 야리꾸리해지고 있었다. 종합해 보건대 의도적인 배정이다. 골치 아픈 사건을 맡겨서 제풀에 무너지게 하려는 의도가 엿보였다.

하지만 그런다고 해서 사표를 내거나 좌천을 당할 승우가 아니었다.

왜?

이 좋은 권력을 왜?

전화만 때리면 서로 접대하려고 몰려드는 '빠라'가 빵빵한 물 좋은 서울을 왜?

"기괴한 살인 사건이야. 아무래도 송 검사가 좀 맡아줘야겠어."

부장검사실에서 오 부장이 말했다. 다른 검사들은 코빼기도 보이지 않았다.

"저도 지금 처리 중인 사건 때문에 바쁩니다."

승우는 일단 경계망을 쳤다.

"알아. 하지만 김 검사하고 우 검사는 더 바쁘잖아."

"살인이라면 김 검사가……"

"그래서 송 검사에게 넘기는 거야."

응?

이건 또 웬 궤변?

"나야 물론 송 검사 능력 잘 알지. 하지만 박 지검장님은 아직도 오해가 안 풀렸어. 감찰반도 그렇고."

넌지시 압박을 가하는 오 부장. 툭하면 날아드는 비리 검사 투서 때문이다. 처음 투서가 들어와 내사를 받을 때는 등뼈가 떨리기도 하던 승우. 그러나 이제는 산전수전 다 겪은 내공이라 새삼스럽지도 않았다.

다만 궁금한 건 어떤 인간이 투서를 보냈는가 하는 것뿐. 누구든 걸리기만 하면 새 결재판으로 싸다구를 좌우 연타로 날려줄 판이다.

"이 사건이 좀 난해해. 그러니 송 검사의 그 스마트한 머리로 깔끔하게 끝내보란 말이야. 그럼 지검장님도 송 검사를 다시 볼 테니."

오 부장은 그 말을 끝으로 일어서더니 책상으로 가서 자판을 두드려 댔다. 얘기 끝났다는 뜻이다.

살인 사건!

그것도 무당 살인, 앞에다 두 글자를 더해 박수무당 살인 사건이란다.

꼼짝없이 덤터기를 쓰고 말았다.

"왜 하필 무당 살인 사건을 나한테 넘기냐고!"

306호 검사실에 들어선 승우는 결재판으로 책상을 후려쳤다.

"나가시죠."

출동 준비를 마친 차 수사관이 말했다. 결혼 1년차의 신혼으로 나이는 승우보다 두 살 어린 직원이다. 사무실을 둘러보니 한숨이 더 나왔다. 베테랑 유 계장이 신병으로 두 달 동안 병가 중이라 더욱 그랬다. 그는 검찰 조직에서 잔뼈가 굵은 베테랑. 웬만한 건 그에게 맡기면 다 처리되는 바였다.

"숨이나 좀 돌리자고!"

승우는 짜증 섞인 목소리로 의자를 당겨 앉았다.

"검사님……,"

"기다리라고 했잖아! 세월이 좀먹어?"

"하지만 자칫하면 기자들이……."

"언제부터 대한민국 검사가 기자들 눈치 봤는데?"

"……."

목소리가 한 단계 더 높아지자 차도형은 입을 다물었다. 배알이 뒤틀리면 한 성질 하는 걸 아는 까닭이다.

"빨리 승진하든지 해야지, 왜 나한테 골치 아픈 건을 넘기려는 거야?"

"이해하십쇼. 하필 다른 검사님들이 바쁠 때라서……."

"누군 안 바빠? 아, 솔직히 우리 지검에서 나보다 더 바쁜 검사 있으면 나와 보라고 해!"

승우가 목청을 높였다. 그건 명백한 사실이다. 승우는 정말

바빴다. 오라는 곳도 많았고 오지 말라는 곳도 알아서 챙겨야 했다. 만나줘야 할 빠라가 한둘이 아니기 때문이다. 그들은 한결같이 승우를 원했다. 이걸 외면하면 좋은 공무원의 자세가 아니라고 철석같이 믿고 있는 승우였다.

그렇다고 혼자 향응을 받는 것도 아니었다. 어미 새처럼 뻔질나게 이것저것 물어다 주변을 먹여 살렸다.

솔직히 지금 지검장이 매고 다니는 명품 넥타이도 승우가 선물한 것이고, 부장의 벨트와 지갑도 마찬가지다. 게다가 부장 사모님의 해외여행은 누가 주선했는가? 바로 승우가 여행사 사장인 빠라를 족쳐서 얻어낸 전리품이다. 더 가깝게는 수사관들의 구두와 콘도이용권도 전부 승우의 빠라들이 공급한 공물(?)이다.

"먹을 때는 입 벌어지더니 말이야."

"그만 가시죠."

"알았어! 알았다고!"

승우는 짜증스런 목소리로 의자를 밀어냈다.

사건이 일어난 장소는 박수무당 소유의 집. 작지 않은 마당이 딸린 구식 주택이었다.

"우엑!"

현장을 보는 순간 일단 오바이트부터 격하게 쏟렸다. 피해자의 시신 때문이다.

"우에엑!"

다시 봐도 참을 수 없었다. 이런 개 같은 새끼들. 승우는 저주를 퍼부었다. 피해자를 죽인 살인범이 아니라 자신에게 이 사건을 배정한 높으신 분들을 향한 분노였다.

"아, 진짜 해괴망측한 사건이네요. 이건 뭐 압착기로 사람 속을 꾹꾹 눌러 짜낸 것도 아니고……."

감식반 옆에 서 있던 권 수사관도 손수건으로 입을 막았다.

겨우 속을 달랜 승우는 천천히 고개를 돌렸다.

하지만,

"우엑!"

또 속이 뒤집히며 구석으로 달려갔다. 결국 거기다 배 속에 든 것을 몽땅 반납하고 말았다. 어찌나 게워댔는지 창자가 끊어질 듯 아파왔다.

박수무당 살인 사건!

사건 초기부터 검찰이 개입하게 된 건 해괴한 시신 때문이었다. 피해자의 시신은 누군가 빨대를 꽂은 후 내용물을 쪽 빨아 먹은 것처럼 보였다. 수분이 쪽 빠진 사체를 본 적이 있는가? 단언컨대 미라 정도는 비교도 되지 않았다. 믿기지 않는 건 두개골까지도 그렇다는 것. 오죽하면 첫 목격자가 고무 인형을 멋대로 눌러 공기를 쭉 빼낸 장난감으로 생각했을까?

호흡을 고른 승우는 고개를 저었다. 살인 현장은 언제 봐도 정나미가 떨어졌다. 특히 초동 출동 때가 그랬다. 그나마 목매달아 죽은 자살자나 강물에 투신한 시신은 땡큐였다. 칼부림이나 공기총 난사 사건, 혹은 화재사건의 희생자들은 시신이 개판 오 분 전이었다.

더구나 잔혹한 토막 살인 사건 같은 걸 지휘해 보라. 심약한 검사들은 그 트라우마에 사표를 내는 경우도 있었다.

"낮 꿈이 개밥이더니만……."

승우는 인상을 벅벅 긁으며 걸음을 옮겼다.

'윽!'

그러나 두 발도 못 가 나뒹굴고 마는 승우. 시신에서 흘러나온 혈액과 혼합물이 온 방에 홍건했는데 그걸 밟고 나뒹군 것이다.

"아, 진짜!"

스타일 조졌다. 아침에 새로 입고 나온 명품 양복이 오염되었다. 생각 같아서는 확 걷어차 버리고 싶었다. 이런 사건을 안겨준 지검장과 오 부장을 말이다.

"괜찮으십니까?"

현장을 분석하던 차 수사관이 다가왔다.

"이게 괜찮아 보여? 아, 냄새!"

피와 엉긴 이상한 액체의 냄새는 오장육부를 또 뒤집어놓았다.

"우엑!"

"그런데 이거… 그냥 피 같지 않습니다."

"그럼 뭐?"

"내장이 다 녹아서 나온 것 같은……."

"우엑!"

"게다가 뇌와 척수도 같이 녹지 않았나 싶은데……."

"우에엑!"

승우는 입을 막고 문밖으로 뛰었다. 그리고 벽에 기대 또한 번 위장을 비틀어 오바이트를 했다. 이제는 신체의 상하가 허리를 중심으로 따로 노는 것만 같았다.

'개자식.'

승우는 오 부장을 별렀다. 사건 배정 이유는 그럴듯했다. 그런데 이건 보통의 살인 사건이 아니지 않은가? 잔혹한 엽기 토막사건보다 한 수 위의 사건이다.

"우엑!"

바깥 공기를 쐬면 조금 나아지려나 싶었지만 바지에 끈적 끈적하게 묻은 액체를 보니 내장이 또 롤러코스트를 탔다. 그때, 승우의 바지에서 뭔가가 툭 하고 떨어졌다.

'코끼리?'

집어 들고 보니 코끼리 모양의 금속이다. 크기는 새끼손톱 정도였는데 생각보다 정교했다. 하지만 기괴했다. 마치 기아에 말라죽은 형상이 아닌가?

게다가 네모진 귀와 삼지창처럼 뾰족한 꼬리는 어쩐지 섬뜩하기 그지없었다.

"차 수사관!"

승우는 그걸 차도형에게 던져주었다. 뭐가 됐든 현장에서 나온 것이니 쫄따구에게 맡기는 게 편했다.

"현장 철저히 분석해. 나는 다른 것 좀 조사할 테니."

승우는 그 말을 남기고 2층으로 올라갔다. 거기서 쉴 생각이었다. 하지만 판단 미스였다. 2층에도 감식반이 득실거렸다.

"에이, 왜 이렇게 쓸데없이 많이 출동한 거야?"

별수 없이 계단을 내려갔다. 지하실 입구가 보였다.

지하실.

생각만 해도 칙칙하다. 그런데 괜히, 정말 괜히 시선이 끌렸다. 안에서 누군가 부르기라도 하는 듯이 말이다. 승우는 이상한 느낌에 문을 밀어보았다. 잠겨 있지 않았다. 어두컴컴한 곳, 거긴 아무도 없고 조용했다.

'잠이나 잠깐 때릴까?'

그런 생각은 또 왜 든 걸까? 화려한 휴게소도 아니고 쿠션이 좋은 안마시술소도 아니다. 그런데도 발이 계단을 밟으며 내려갔다.

곰팡이 냄새로 꿉꿉했다. 승우는 벽을 더듬어 스위치를 찾았다. 그때 뭔가가 굴러와 옆구리에 닿았다.

퉁!

그 뭔가가 부딪치는 소리와 함께 승우는 기우뚱 중심을 잃었다가 겨우 자세를 잡았다. 자세히 보니 나무를 깎아 만든 커다란 단지였다.

"아, 진짜!"

짜증이 폭발하며 걷어차 버렸다. 그런데 이게 웬일? 벽으로 날아간 단지가 다시 튕겨와 승우의 옆구리에 적중하는 게 아닌가.

"미치겠네."

나무가 무슨 찰고무 공도 아니고. 짜증이 난 승우는 단지를 두 손으로 잡고 날려 버렸다.

후웅!

벽에 충돌한 단지. 충돌한 순간보다 늦게 산산조각이 나더니 이상한 빛과 기괴한 신음이 새어 나왔다. 그것도 아주 천천히.

꾸에에에!

"응?"

뭔가 이상했다. 작용과 반작용이 한 타임씩 늦다니? 과학적으로 있을 수 없는 일이었다. 영화 속의 컴퓨터 그래픽도 아니지 않은가? 눈앞의 광경은 승우의 개념을 제대로 무시하려는 듯 계속해서 반복되었다.

확 뻗다가 멈춰 버리는 줄기, 그러다 또다시 뒤틀림처럼 발광하는 궤적. 상식의 허를 찌르는 기괴한 상황은 보란 듯이 가지를 치고 나갔다.

거기 매달린 신음도 뒤틀리고 뒤틀리며 발광했다. 청각이 아니라 혼을 찌르고 들어오는 오싹 섬뜩한 신음. 그걸 무한 증식시키는 기묘한 궤적. 그것들은 이내 지하실 전체를 소리 없는 절규의 지옥으로 만들어 버렸다.

'뭐야?'

오싹한 느낌에 주춤 물러서는 승우. 어찌나 놀랐는지 볼을 비틀었다.

아팠다.

젠장!

꿈은 아니었다.

주춤하는 사이에 신음과 빛이 엉긴 줄기들이 다투듯 승우를 겨누고 치고 들어왔다.

'뭐, 뭐야?'

눈을 동그랗게 떠보지만 기괴한 줄기들의 목표물은 승우였다.

끼에에!

놀란 승우가 몸을 굴렸다. 줄기들의 궤적은 믿을 수 없을
만큼 집요했다. 본능적으로 막아보려고 액자 같은 걸 집어 들
었다. 줄기의 궤적들은 액자를 넘어와 넘실거렸다. 액자를 휘
두르는 사이에 단지에서 작은 섬광이 튀었다.

'저건 또 뭐야?'

잠시 한눈을 파는 사이에 남은 궤적 하나가 승우의 오른
손목에 닿았다.

휘리릭!

순식간에 뭔가가 승우의 손목에 감겼다. 하지만 착각인지
손목에는 아무것도 보이지 않았다. 그동안 다른 줄기들은 기
괴한 통곡을 터뜨리며 무너지고 있었다.

승우의 시선이 천천히 손목으로 옮겨갔다.

오른 손목이다.

"……?"

뭐지, 이 기분?

섬뜩한 냉기 같기도 하고 벼린 쇠 날이 내려앉은 듯한 송연
함. 혈관이, 모세혈관 하나하나가 확 시려지는 느낌. 아무튼
머리에 털 나고 처음으로 느끼는 생경함과 두려움이었다.

'잇!'

승우는 본능적으로 손목을 털어댔다. 그러자 신기하게도

이물감이 얌전해졌다.

'떨어졌나?'

뒤돌아보는 순간, 구석에 단지들이 보였다. 그중 옆으로 누운 단지에서 아련한 빛줄기가 나풀거렸다. 아까 섬광이 일어난 그 단지였다. 빛은 나른했다. 흡사 어둠 속에 반짝이는 개똥벌레의 루시페린처럼.

'누가 무당 아니랄까 봐.'

별 해괴망측한 것들을 모아둔 모양이다. 약이 바짝 오른 승우. 빌어먹을 것들을 차버리려고 발길을 옮길 때 뭔가가 승우의 등에 닿았다.

"헉!"

기겁하며 가슴팍의 권총을 빼 드는 승우.

"왜 이러세요? 권 수사관입니다."

손사래를 치는 사람은 권오길이었다.

"후우!"

승우는 호흡을 가다듬으며 권총을 거두었다.

"기자들이 골목에서 생 지랄을 떨어서요. 어떤 새끼가 벌써 사건 흘린 거 같은데 아무래도 검사님이 나서서 한마디 해야 할 것 같습니다."

"뭐라고?"

"뭐 그냥… 대충… 검사님 주특기 있잖습니까? 화려 찬란한 언변."

"칭찬이야, 놀림이야?"

"죄송합니다."

"권 수사관이 대충 때워. 나 지금 컨디션 엉망이거든."

"그럴까요?"

"오케이."

"그런데 여긴 왜?"

"아, 나라고 놀 수만 있어? 뭐 단서가 될 만한 게 있나 해서."

승우는 재빨리 둘러대면서 식은땀을 닦아냈다.

"불도 안 켜고요?"

"그런 거 몰라? 불 끄면 생각이 몰입되는."

"예, 어련하시겠습니까? 감식반원들이 곧 내려올 테니 아무거나 손대지 말고 그냥 쉬고 계십시오. 저는 기자들 똥구멍 좀 긁어주고 오겠습니다."

권 수사관은 그 말을 끝으로 지하 문을 나갔다.

건방진 놈. 욕이 혀에 걸렸다. 이제 얼굴 좀 익었다고 슬슬 검사랑 같이 놀려고 한다. 구시렁거리던 승우는 전등 스위치를 발견했다. 아까 박살 낸 단지에 뭔가 들었을까? 궁금한 마음에 전등을 켰다.

"……?"

박살 난 건 그냥 나무 단지였다. 얼마나 오래된 건지 꼬질 꼬질한 손때가 광택처럼 반질거리고 있었다.

'골동품은 아니겠지?'

물론 아닐 것이다. 비싼 골동품이라면 이런 식으로 방치했을 리 없다. 보나마나 신통력이 있다거나 해서 모아두었을 것이다. 승우의 엄마도 그런 적이 있었다.

승우는 벽 쪽에 올망졸망 모여 있는 단지를 보았다. 아까부터 마음을 끄는 옆으로 누운 단지. 여기서 분명 나른한 빛이 비쳤다. 약간의 두려움과 호기심이 섞이며 발로 밀어보는 승우.

제법 무거웠다.

'뭐가 든 거야?'

단지는 완전히 봉해져 있었다. 그래도 못과 같은 장치는 보이지 않았다.

그때 감식반 몇 명이 지하로 내려왔다.

"조사 좀 하겠습니다."

"아, 저기 큰 단지 있지? 누워 있는 거."

"예."

"그것부터 체크해 봐. 안에 뭔가 들어 있는 거 같아."

"그러죠."

"솜 가지고 있나?"

승우가 물었다.

"예."

"좀 줘봐."

승우는 그걸 받아 코를 막았다. 악취 방지용이다. 그런 다음 계단으로 올라섰다. 결국 잠자는 건 실패했다.

승우가 현장으로 돌아오자 권 수사관이 메모지를 건넸다.

피해자 이름 : 이강순.

혈액형 : AB형.

직업 : 박수무당.

나이 : 당 46세.

신체조건 : 176센티미터, 82킬로그램.

지병 : 고혈압과 당뇨를 앓고 있으나 심각하지 않음.

가족 관계 : 세 번의 이혼, 두 번째 부인과의 사이에 아들 출생했으나 5세에 사망 처리됨. 남동생 하나, 양친 사망.

채무 관계 : 밝혀진 것 없음.

여자 관계 : 신도 몇 명 외에 특별한 관계의 여자 없음.

재산 : 당 2층 점집 자가 소유 외에 은행 예금 5,500여만 원.

23개의 지문.

8개의 털.

11개의 족적.

살해자의 핸드폰.

잘난 검사님, 자료를 넘겼으니 수사 방향을 잡고 지휘해 주시기 바랍니다. 살해자의 자료 위로 수사관들의 얼굴이 승우를 다그치기 시작했다.

"이게 다야?"

"예."

"목격자는?"

"사후 목격자 신병은 확보했습니다만 범인은 아닌 것 같습니다."

"예단 금지!"

"예."

"차량은?"

"혈흔 같은 건 없습니다. 곧 국과수로 보내겠습니다."

"주변 CCTV도 체크했어?"

"워낙 후미진 주택가라… 대로변 쪽을 중심으로 일단 탐문해 보겠습니다."

"사건 전후로 점 보러 온 사람은? 보통 예약을 할 텐데."

"아, 그럼 이 메모가……."

권 수사관이 작은 노트 하나를 내밀었다. 척 보고도 예약 노트임을 알아보는 승우. 엄마의 점 예약을 많이 본 탓이다.

하지만 이강순은 예약도 별로 없었다. 한마디로 용하지 않다는 증거. 다만 최근 들어 회복세를 보이고 있는 게 눈에 띄었다.

"예약 메모 맞아. 거기 적힌 사람들 전부 신원 체크해."

"예."

"신단의 태주를 보니 명두형 무속인이야. 내림굿을 한 신어머니가 있을 테니 이쪽 계보 확인하고."

"예? 무슨 두형이요?"

"명두형!"

"우와!"

"뭐가 우와야?"

"언제 그렇게 무속에 대해 빠삭하게 공부하셨나 해서……."

"……!"

엄마가 무당이었다, 왜?

승우는 절반쯤 열린 입을 다물어 버렸다. 무당 어머니. 그건 검찰 조직의 누구도 모르는 비밀이다. 고급 관료 집단일수록 엘리트 의식이 강하다. 그러니 이곳에서는 치부는 무조건 가리는 게 좋았다. 밝혀지는 순간,

"송 검사 부모님이 그거 출신이었다며?"

"어, 그래? 개천에서 용 났네?"

개천에서 용!

달리 말하면 별 볼 일 없는 집안이라는 의미. 막 봐도 된다는 뜻이었다.

"법원에 시신 부검 영장 신청해야죠?"

현장 정리를 끝낸 차도형이 다가왔다.

"그런 건 좀 알아서 해."

승우는 눈살을 찌푸렸다. 생각만 해도 오바이트가 쏠리는 까닭이다.

"검사님, 이거 말입니다."

눈살을 찌푸리던 차도형이 작은 코끼리 조각을 내밀었다.

"그거 뭐?"

"잠깐 나 좀 보시죠."

차도형이 승우를 이끌었다.

"아, 그냥 여기서 말하면 안 돼?"

차도형이 현장으로 들어가자 승우는 걸음을 멈췄다.

"들어오세요. 누군 뭐 축농증 걸린 줄 압니까? 나도 속 뒤집어진다고요."

차도형이 눈살을 찌푸렸다. 승우는 결국 팔뚝으로 코를 막고 발길을 들여놓았다.

"이겁니다. 보기에는 저울 같은데……."

차도형이 가리킨 건 검은 목곽이었다. 승우에게 보여준 코끼리가 제자리에 놓여졌다. 목곽의 크기는 손바닥을 편 것보다 살짝 컸다. 문제는 안의 내용물이었다. 볼펜만 한 중심대에 걸린 줄에 황금빛 접시가 걸려 있다. 그 뒷줄에는 여섯 개의 구멍이 있는데 안에는 승우가 발견한 모양의 검은 코끼리 추가 크기별로 들어 있었다. 코끼리는 모두 다섯 마리.

그런데 금속으로 된 이 코끼리들 또한 박수무당이 죽은 것처럼 말라비틀어진 형상이었다. 승우는 자기가 주운 걸 빈자리에 넣었다. 코끼리 추가 딱 짝이 맞았다.

"골동품인 것 같기는 한데 비싼 건 아닌 것 같고……."

차도형이 고개를 갸웃거렸다.

"증거물로 가져가려고?"

"어쩔까요? 사진은 찍었는데… 보아하니 이걸 만지고 있던 것도 같고……."

"그걸로 뭘? 코딱지라도 달았을까 봐?"

"장식용이라면 시체 옆에 있을 리 없잖습니까?"

"알았어. 마음대로 해."

"그런데 그게 마음대로 안 돼서……."

"무슨 소리야?"

승우가 돌아보았다.

"이게… 검은 옻칠을 한 나무 같은데 어떻게 된 건지 떨어지지를 않습니다."

"안 떨어진다고? 응?"

승우가 손을 대자 검은 나무 상자는 저절로 떨어졌다.

"지금 나랑 장난해?"

"어, 아까는 분명 안 떨어졌는데? 권 수사관도 같이 해봤거든요."

"나보고 술 덜 깼느냐더니 사돈 장에 오셨네."

승우는 아까 당한 분풀이를 고스란히 돌려주었다.

그때였다.

지하실에서 다급한 목소리가 올라왔다.

"검사님! 검사님!"

"아, 저 친구들은 또 왜?"

"이건 제가 수습할 테니 내려가 보시죠."

차도형이 승우의 등을 밀었다.

"뭔데 그래?"

승우는 지하실 계단을 다 내려서기도 전에 짜증부터 작렬
시켰다. 감식반원들은 모두 누워 있는 단지 앞에 모여 현장을
찍느라 부산했다.

"이거……."

"읍!"

랜턴이 시신을 비추자 승우의 토악질에 또 발동이 걸렸다.

"우엑! 우에엑!"

"모자로 보입니다."

"우엑!"

"일단 보기엔 동남아 사람들 같은데 확인하시죠."

"확인은 무슨 확인, 죽었으면 현장 사진 남기고 빨리 옮겨."

"그래도 검안하기 전에 검사님이……."

"아, 진짜……."

승우는 입을 막은 채 겨우 고개를 돌렸다.

누워 있는 단지 안.

그 안에 아이와 여자가 있었다. 아이는 대여섯 살가량, 여자는 체구가 작아 나이를 짐작하기 어려웠다. 악취는 없는 걸 보니 죽은 지 오래되지는 않은 모양이다.

마지못해 건성으로 시신을 살필 때였다. 승우의 오른 손목에서 희미한 빛이 아른거리기 시작했다.

'이 빛…….'

갑자기 심장이 서늘해졌다. 아까 미친 궤적들이 달려들 때 작렬한 빛과 같은 느낌이다. 승우의 손이 단지에 닿자 빛은 사르르 꺼져 버렸다. 그러자 돌연 여자가 눈을 떴다.

"으헉!"

놀란 승우가 주춤 물러섰다.

"왜 그러십니까?"

다른 단지를 확인하던 감식반원이 돌아보았다.

"여자… 살아 있어."

"예?"

"여자가 눈을 떴다고."

"여자가요?"

감식반원들이 일제히 시선을 돌렸다. 하지만 여자의 눈은 변함이 없었다.

"검사님……."

"봤다니까, 여자가 눈을 뜨는 걸."

"그럼 올라가시죠. 현장은 저희가 수습하겠습니다."

고참 감식반원, 웃지도 울지도 못하는 표정으로 말했다.

"진짜라니까. 이 여자가 이렇게 눈을……."

승우는 결백을 증명하려는 듯 여자의 눈꺼풀을 만졌다. 그러자 여자가 다시 또렷이 눈을 떴다.

"여기 보라고! 떴잖아!"

승우는 보란 듯이 소리쳤지만 감식반원들이 돌아보았을 때는 여전히 감은 채였다.

'뭐야?'

내 착각이야?

나만 그래?

귀신 곡할 노릇이네.

승우는 눈만 끔뻑거렸다. 찜찜함이 연속으로 이어지고 있다. 재수가 옴팡지게 옴 붙은 날인 모양이다.

―박수무당 압착 살해 사건.

―박수무당 기괴 피살 사건.

―박수무당 육즙 빨린 피살에 의문의 외국인 모자 시신 발견.

"젠장!"

사건 보고서 제목부터 승우의 발목을 잡았다. 이걸 대체 뭐라고 제목을 붙여야 제목 좋다고 동네방네 소문이 난단 말인가?

"검사님, 부장님이 빨리 올라오라는데요?"

나수미의 재촉이 거푸 이어졌다.

"좀 기다리라고 그래. 누군 가기 싫어서 안 가?"

승우는 짜증부터 작렬시켰다.

"뭐 좀 그럴듯한 제목 없어?"

이어지는 승우의 목소리.

"그냥 박수무당 피살 사건으로 가시는 게……."

"맞습니다. 제목 그럴듯하게 짓는다고 범인이 자수를 할 것도 아니고……."

차도형과 권오길도 건성으로 대답했다.

"됐어. 물어본 내가 잘못이지."

승우는 다시 자리에 주저앉았다. 서류를 넘기고 또 넘기지만 그럴듯한 제목은 나오지 않았다.

박수무당 융해 피살 사건!

제목은 이 정도로 정했다.

"권 수사관!"

"여자는 미얀마나 캄보디아, 라오스 쪽 같습니다. 출입국 관리소에 입국자 조회 요청했습니다."

"차 수사관!"

"아이는 교살인데 여자는 외상이 전혀 없습니다. 검안의사 소견이 독극물 살해는 아닌 거 같다고 하고……."

"사망 시점이 같이 나왔어?"

"자세한 건 부검을 해봐야……."

"영장 떨어졌어?"

"조금 전에요. 판사가 미적거리는 거 급행으로 부탁하느라 혼났습니다."

부검!

그냥 막 되는 게 아니다.

검시의 주체는 검사. 부검이 필요하면 검사의 지휘를 받아 법원에 시체 압수수색영장을 청구해야 한다. 이때 법원에서 영장을 발부 받는 데 보통 2~3일이 소요되기 때문이다.

"그럼 빨리 국과수도 닦달해."

"그게… 그쪽에서 지금 부검이 밀렸다고 스케줄을 안 잡아주고 있습니다. 아무래도 그쪽은 검사님이 직접 쪼셔야……."

"그런 건 또 나야?"

"얼마 전에 바뀐 검시관 이성욱 아시지 않습니까? 이 인간이 살짝 똘기가 있어서 수사관 차원에서 전화해서는 씨도 안 먹힙니다."

골머리가 아프다.

보통 경찰에서 올라온 사건이라면 폼 나게 부검을 지시하면 그만이다. 그러면 경찰들이 알아서 밥상을 차려온다. 승우는 결과만 검토하면 그만이다. 그런데 사건 초기부터 시작하자니 온갖 궂은일까지 해야 할 판이다.

"알았어. 살해 동기."

"처음에는 사망자가 뭔가 영적인 실험이나 굿 같은 걸 하다가 일어난 사고가 아닐까 했는데 동남아 모자 시신까지 나오니 난해합니다. 더구나 세 시신 상태가 전부 스페셜하게 특이해서……."

차도형은 말을 아꼈다.

동남아 모자의 시신. 특히 여자의 시신은 박수무당과는 반대였다. 아이는 피골이 상접해 있지만 여자는 마치 부은 듯이 탱탱한 느낌이 들었던 것이다.

"굿은 아니야."

이야기를 듣던 승우가 잘라 말했다.

"어째서요?"

"굿하는 거 보기나 했어? 중부지방의 굿은 굿거리마다 개개의 신복을 상징하는 무복이 따로 있어서 옷을 열두 벌 내지 스무 벌을 껴입는다고. 그런데 박수무당은 신복을 입지도 않았고 신이 내려오는 하강로를 상징하는 신간도 현장에 없었잖아?"

"……?"

승우의 호통에 세 수사관이 동시에 고개를 들었다. 그들의 눈은 저 인간이 뭘 잘못 먹었나 하는 뜻을 담고 있었다.

하긴 그럴 만도 했다.

송승우 검사!

주지하다시피 그의 주특기는 비리 검사. 수사관들이라고 그 소문을 모를 리 없었다. 더구나 그들은 승우가 진지하게 사건에 임하는 걸 본 적이 없었다. 그저 어떻게 하면 대충 때워서 기소나 할까 궁리하고, 그렇지 않으면 수사관이나 피의자들을 닦아세워 사건을 해결하는 게 그의 행태였기 때문이다.

"뭐?"

"아, 아닙니다."

승우가 쏘아붙이자 권오길이 먼저 시선을 떨어뜨렸다.

"에이, 이런 건 역시 살인 전문 김 검사가 맡았어야 하는 건데……."

승우는 자리를 털고 일어섰다. 내키지 않지만 조직의 비위를 맞출 시간이었다.

'감히 누굴 엿 먹이려고.'

승우는 고위층의 의도를 간파하고 있었다. 기괴하고 가공스러운 살인 사건. 이걸 승우에게 맡긴 이유는 두 가지일 것이다. 하나는 승우가 제풀에 지쳐 두 손을 들기를 기다리는 것. 그렇게 되면 지방으로 좌천시킬 명분을 얻을 수 있다. 또 하나는 다른 검사들을 보호하기 위해서였다. 미제 사건이라도 되면 경력 관리에 흠이 되는 검사들이 있다.

'특히 김 모 검사.'

승우의 뇌리에 떠오르는 해, 김혁이 스쳐 갔다.

하지만 앉아서 당할 승우가 아니었다.

2장
난해한 부검

"욱!"

현장에 대한 보고가 이어질 때였다. 지검장이 입을 막고 일어섰다.

'그럼 그렇지.'

승우는 쾌재를 불렀다. 사건의 중대성을 강조하기 위해 최대한 자극적인 사진만 골라 뽑은 승우였다. 물론 사망자에게는 몹시도 미안한 일이다.

"읍!"

조금 더 버티던 오 부장도 결국 손을 들었다.

"저렇다니까. 그저 높으신 분들은 아랫사람들이나 쫄 줄 알지……."

보고 받을 라인이 전부 화장실로 달려가자 승우가 콧방귀를 뀌었다. 옆에서 보조하던 차도형은 어이없다는 듯 냉소를 머금었다.

"뭐가 웃긴데?"

"아, 아닙니다."

"다 알아. 나 비웃는 거."

"검사님을 왜요?"

"다들 그러잖아? 내가 검찰 망신시키고 다닌다고. 차 수사관도 마찬가지 아니야?"

"에이, 저는 그런 거 초월했습니다. 제가 뭐 검사도 아니고……."

"그래서 저번에 횟집에서 내 뒷담화 까다 걸린 거야?"

"그건 뒷담화가 아니고 검사님을 위하는 충심에서……."

"술값 내주고 상품권 안겨줄 때만?"

"그렇게 말하면……."

"할 말 있으면 앞에서 하라고. 차 수사관은 털면 먼지 안나?"

"검사님……."

"이거 왜 이래? 나도 알고 보면 깨끗한 사람이라고."

"검사님이 이렇게 직설적이니까 그러는 겁니다. 그 욱하는 성질만 참으면 금세 평판이 좋아질 텐데……."

둘의 대화는 거기서 끊겼다. 밖으로 나간 간부들이 들어왔기 때문이다.

"계속할까요?"

승우는 모자 사진을 띄웠다.

그런데 첫 화면이 이상했다. 여자는 있는데 아이가 보이지 않았다. 승우는 얼른 다음 화면을 넘겼다. 거기에도 아이는 없었다. 다양한 각도에서 찍은 사진들. 그러나 승우를 엿 먹이려는 듯 여자만 찍어놓은 것이다.

찌리릿!

차도형을 씹어 먹을 듯 노려보는 승우.

증거용 사진에는 원칙이 있다. 그냥 되는 대로 찍는 게 아니다. 피사체와 수평, 또는 수직의 각도에서 찍어야 한다. 그런데 여자만 찍었다? 한마디로 정신줄을 놓고 찍은 거라고 볼 수밖에 없었다.

임기응변의 달인 송승우 검사. 하는 수 없이 마지막에 배치한 회심의 장면을 당겨놓았다. 눈과 코, 입과 귀에서 검붉은 액체가 꾸역꾸역 밀려나온 이강순의 피살 현장이었다.

"우엑!"

지검장은 결국 앉은 자리에서 오바이트를 했다. 그것으로 지검장 보고는 마무리되고 말았다.

비공개 수사!

그 한마디를 끝으로.

"꼭 그런 장면만 모아야 했나?"

간부들이 나가자 혼자 남은 오 부장이 핀잔을 날렸다. 얼굴을 보니 곰팡이가 피기 5분 전이다.

"그런 현장을 온몸으로 수습한 사람도 있습니다."

승우는 보란 듯이 생색을 내고 그 증거로 엉덩이와 허벅지 쪽에 말라붙은 피떡의 흔적을 보여주었다.

"단서는?"

"그게 나왔으면 범인 잡으러 나갔지, 여기 있겠습니까?"

"그런데 아이 변사체도 있다고 들었는데 왜 첨부하지 않았나?"

오 부장이 물었다. 지검장과는 달리 꼼꼼히 챙기고 있던 모양이다.

"지검장님 반응 못 보셨습니까? 어린아이 사체까지 덧붙이면 심장병 도지실 거 같아서……."

승우는 충성스러운 이유를 갖다 붙였다.

"수사 방향은 어떻게 잡았어?"

"일단 지원부터 해주서야겠습니다."

"지원?"

"사건 보지 않으셨습니까? 대한민국 유사 이래 초유의 괴기, 엽기, 잔혹 사건입니다. 검안의사 말을 들으니 외계인이나 귀신이 아닌 다음에야 이렇게 사람을 죽일 수는 없다더군요. 언론에서 알면 국민들이 대혼란에 빠질 겁니다. 그러니 수사 인원을 보강해 총력 수사로 한시바삐 해결을 해야⋯⋯."

"누굴 붙여주면 되는데?"

"뭐 마음에 들지는 않지만 김 검사를⋯⋯."

"김혁은 안 돼."

"그럼 혼자 하겠습니다. 지하실 피살 모자가 동남아 여성 같던데 외국 현지 출장 오가며 수사하려면 몇 달 걸릴지도 모르니 쪼지나 마십시오."

슬쩍 염장을 지르는 송승우. 그 말을 들은 오 부장의 이마에 주름살이 깊어지는 게 보였다.

"알았으니까 초동 수사에서 실력 좀 발휘해 봐. 김 검사 쪽 사건이 어느 정도 마무리에 접어들면 지원을 고려해 줄 테니까."

"그러죠."

절반의 성공.

일단 승우가 그리던 시나리오에 선이 닿았다.

"그리고 국과수에 압력 좀 넣어주십시오. 법원 영장은 초고속으로 받아냈는데 부검 차례를 기다리라니, 이게 무슨 아파트 분양입니까, 줄을 서게?"

"그런 건 자네 주특기 아니야? 사바사바."

"그렇기로 부장님 파워만 하겠습니까?"

승우는 슬쩍 부장을 띄워 올렸다.

"알았으니까 수사나 집중해."

오 부장이 수화기를 들었다. 승우는 소리 없는 휘파람을 불며 복도로 나왔다. 오 부장은 국과수 원장과 친하다. 그런 요로를 두고 공연히 정력을 낭비할 필요가 없었다. 그렇다고 돈생기는 일도 아니니까.

다음으로 김혁 검사.

요 인간은 살인 사건 전문이다. 올해만 해도 초대형 미제 살인 사건을 세 건이나 마무리했다. 검찰 조직의 이목을 한눈에 받고 있는 차세대 간판 검사. 이 인간을 지원팀으로 끌어들이면 이 사건은 수월해진다. 잘하면 바로 해결될 수도 있다. 그렇게 되면 그 공은 승우에게 돌아오게 되어 있다. 왜냐고? 최초 전담검사가 승우이기 때문이다.

사실 수뇌부는 처음부터 김혁을 투입해야 했다. 하지만 김혁은 그들이 키우는 스타였다. 스타를 위해 경력 관리를 해줄 생각인 모양이었다.

승우의 생각은 완전 반대였다.

스타라면 오물도 튀고 똥물도 튀어봐야 한다. 그래야 길고

험한 인생 역정에 피가 되고 살이 될 테니까. 아무튼 승우로서는 그를 끌어들여야 했고, 당연히 자신도 있었다.

'그럼 슬슬······.'

이제는 일하는 모습을 보여야 한다.

특히 직속 수사관들.

아까 보고 현장에서 나온 치명적인 실수를 쫄 시간이다.

"밍글라바!"

승우가 들어서자 차도형이 추파를 날려왔다.

"뭐야?"

"아, 미얀마어로 안녕하세요입니다."

"얼렁뚱땅 넘어가려고? 현장 사진 문제 있는 거 알지?"

승우가 수사관들을 노려보았다. 브리핑장에 있던 차도형에게 들었는지 권오길이 뒷머리를 벅벅 긁어댔다. 차도형은 먼저 병원에 가본다며 나가 버렸다.

"그게··· 귀신이 곡할 노릇이군요. 분명 모자가 다 있는 걸로 골랐는데······."

"그럼 내가 그사이에 포샵으로 사진을 지우기라도 했다는 거야? 부장님에게 얼마나 깨진 줄 알아?"

"제대로 된 사진으로 교체하겠습니다."

승우는 권오길의 대답을 뒤로하고 306호실을 나왔다. 모자의 시신을 국과수로 보내기 전에 마지막으로 점검하기 위해서였다.

그동안 몇 가지 추가된 게 있었다.

여자는 미얀마 사람.

이름은 뮤뮤, 나이는 26세.

아이 역시 미얀마 국적.

이름은 민민, 나이는 6세.

미얀마에서 한국으로 들어온 지 2주 차였다.

"모자가 묵던 모텔에서 경찰 쪽으로 신고가 들어왔더군요. 외국인 모자가 숙박하고 있었는데 온다 간다는 말도 없이 며칠째 안 보인다고요. 일단 객실 점검하고 현장 보존 조치 취해 두었습니다."

시신이 안치된 병원에 먼저 도착한 차도형이 흰 뭉치를 꺼내 들었다.

"이거……."

"뭐야?"

"직접 보시죠."

"……?"

차도형이 내민 뭉치를 확인한 승우의 눈이 휘둥그레졌다.

낡은 저울이었다.

박수무당의 집에서 본 것과 유사했다. 다른 점도 있었다. 일단 형태가 원형에 나무 본래의 색이라는 것. 박수무당에게

서 나온 건 네모에 검은색이었다. 안의 구조는 같았다. 다만
저울로 쓰이는 접시가 은색이고 저울추로 쓰이는 코끼리가 하
나도 보이지 않았다.

"뭔지 확인해 봤어?"

승우가 물었다.

"미얀마 대사관을 통해 물었더니 고대 미얀마의 저울 같다
는데 코끼리에 새겨진 문양으로 보아 일부 '낫꺼도'들이 쓰는
물건 같다고……."

"낫꺼도?"

낫꺼도.

승우가 처음 듣는 단어였다.

"미얀마의 샤먼이라니, 우리로 치면 무당쯤 되지 않을까요?"

"또 무당이야?"

승우가 정색을 하며 물었다.

"뭐 검사님 전문 아닙니까? 이미 공부 많이 하신 모양이던
데……."

"그런데 왜 코끼리 저울추가 없어?"

"그러게요. 워낙 작은 것들이라 주변에 떨어졌나 싶어 샅샅
이 찾아보았는데 없었습니다. 모텔 주인도 손대지 않았다고
하고요."

"됐어. 내 책상 위에 가져다 놓고 국과수나 따라가."

"부검해 준답니까?"

"제깟 것들이 어디서 튕겨!"

"역시 송 검사님!"

차도형이 얄상스러운 미소와 함께 엄지를 세워 보였다. 마음에도 없는 행동이라는 건 승우도 알고 있다. 그럼에도 기분은 그리 나쁘지 않았다.

"자, 그럼 저는 후다닥 다녀오겠습니다. 검사님은 청에 계실 겁니까?"

"사무실에서 높은 양반들 비위나 맞추라고? 기왕 나왔으니 단서를 찾아야지."

"아이고, 어련하시겠습니까?"

빈정거림에 가까운 말을 남긴 차도형이 시신 운구대와 함께 나왔다. 그 운구대가 승우를 지날 때다. 오른 손목이 돌연 알큰해 왔다. 시큰한 손목을 확인하려다 자신도 모르게 운구대를 잡아버린 승우.

"……?"

반사적인 반응에 놀랐지만 일은 이미 벌어진 후였다.

"보시게요?"

차도형이 말릴 사이도 없이 시트를 걷어냈다.

"됐거든. 빨리 가서 결과나 받아와."

생각만 해도 속이 뒤집히는 피살 현장의 기억. 그걸 잊기 위해 입을 막고 물러섰다. 그때였다. 희미하게 벌어진 여자의 입안에서 뭔가가 반짝거렸다.

"잠깐!"

"또 왜요? 그냥 가라더니……."

운구대를 밀던 차도형이 돌아보았다.

"그 여자 금니야?"

"그건 못 봤는데요?"

"확인해 봐. 뭔가가 반짝거리는 거 같았어."

"그게… 의사가 하는 말이 사후 강직 때문인지 이 여자 입이 벌어지질 않는다고……."

"무슨 소리야? 잘만 벌어질 것 같은데?"

"그럴 리가요?"

차도형이 어깨를 으쓱해 보였다.

"비켜봐."

승우는 눈으로 보았기에 차도형을 밀어냈다. 그런 다음 왼손으로 여자의 턱을 쥐고 입술로 오른손을 가져갔다.

"에이, 이쪽 검안의가 몇 번이나 해봤……?"

비웃음을 넘기던 차도형은 눈을 의심했다. 승우가 손을 대자 여자의 입이 스르르 열린 것이다.

"코끼리 추 아냐?"

여자의 입에서 코끼리 저울추 여섯 개가 나왔다. 박수무당의 집에서 찾은 것과는 달리 바랜 은색, 게다가 머리는 세 개나 달렸고 통통한 느낌까지 들었다.

삼두 코끼리!

본 적도 들은 적도 없는 물건이다.

"으아, 송 검사님, 완전 귀신!"

차도형이 거푸 엄지를 세워 보였다.

"지금 장난해?"

"그렇잖아요? 검안의도 못 연 여자 입을 벌린 것도 그렇지만 그게 여자의 입안에 있는 건 또 어떻게 아셨대?"

"비켜봐."

이번에는 아이의 입을 벌렸다. 혹시 그 속에도 뭐가 있을까 궁금해서였다.

하지만 아이의 입속에는 아무것도 없었다.

"그런데 이게 왜 여자의 입속에 있는 거지?"

"아무튼 그건 검사님이 맡으시죠. 저는 국과수로 갑니다."

차도형은 그대로 복도를 향해 달려 나갔다.

미얀마 고대 저울.

그것도 미얀마 무당이 쓰던.

그럼 이 여자도 혹시 미얀마 무당?

헐!

피가 오싹해졌다.

그런데 코끼리 추는 왜 삼킨 걸까?

죽은 박수무당과는 무슨 관계길래 비슷한 저울을 가지고 있나?

왜 박수무당의 지하실에서 모자가 함께 죽임을 당했나?

'에이, 죽으려면 자기네 나라에서 죽지…….'

여자의 입에서 나온 코끼리가 머리를 복잡하게 만들었다. 머리가 복잡해지자 짜증이 쓰나미를 만들었다.

무당!

무당!

무당!

이런 게 바로 그 빌어먹을 운명이라는 걸까? 멀리하려고 하면 더 자주 접하게 되는 무당에 관한 일. 승우는 미얀마 저울을 차 뒷좌석에다 처박아 버렸다.

퇴근 시간 두 시간 후, 숭고한 족보를 뒤지던 승우는 통상적인 수사 지시를 내리고 퇴근했다. 두 시간의 오버 타임. 그동안 열심히 일했다.

족보!

승우의 사부로 불리는 국 부장의 윗대부터 내려온 국보급 리스트. 검찰의 노고에 적극 협조하려는 각계각층의 전화번호와 협찬 실적(?)을 적은 보물이다.

승우에게 있어 이 리스트 관리는 그 어떤 업무나 사건보다 우선이었다. 퇴근 시간이 임박하면 더욱 그랬다.

이걸 보면 꿀꿀하던 기분이 급 좋아졌다.

'오늘은 어떤 놈을 벗겨먹을까?'

'아니, 오늘은 어떤 분께 검사에게 협찬하는 영광을 안겨 드릴까?'

이 기분은 그 누구도 알 수 없다.

게다가 효과도 만점. 리스트를 열심히 보고 있으면 남들은 일하는 줄 안다. 완전 일 타 쓰리 피가 아닌가?

청사를 나온 승우는 고급 바에 들렀다. 업무상 특근을 위해서였다.

승우가 늘 이용하던 특석에 사람이 보였다. 승우는 다른 자리에 앉지 않았다. 그 성질머리를 아는 지배인이 특석에 다가가 양해를 구했다. 그 자리가 비고서야 승우는 빙긋 미소를 머금었다. 국가를 위해 특근을 하러 왔는데 허접한 자리에 앉을 수는 없는 일이었다.

"송아지스테이크하고 와인!"

아직 식사 전이다. 하루 종일 속이 뒤틀린 걸 생각하면 양주로 소독하고 싶었지만 잠시 후로 미뤄두었다. 밤은 길고 술집은 줄을 서 있으니까.

승우는 지배인의 전화기를 빌려 통화를 했다.

본격 특근을 시작하는 것이다.

"삼십 분 드리죠."

딱 삼십 분. 그 정도면 스테이크로 배를 채우는 데 알맞았다. 특근을 그 이상 오래 하고 싶은 생각은 없었다.

"아이고, 송 검사님!"

너스레를 떨며 나타난 건 장 차장이었다. 세상일보의 중견 기자. 하지만 워낙 업무 욕심이 많은 탓에 아직도 차장에 머무는 가련한 인간이었다.

응?

업무 욕심이 많은데 왜 승진이 늦느냐고?

그러니까 업무 욕심이 많은 것은 맞았다. 문제는 업무를 기사로 옮기지 않고 기사의 장본인과 쇼부 치기를 즐겨하는 데 있었다. 말하자면 장 차장도 송승우와 같은 부류에 속했다.

'인간쓰레기.'

승우가 보는 장광일은 그랬다. 물론 승우는 자신이 그렇다는 건 인정하지 않았다. 승우는 단지 검찰의 위상을 위해 주변을 관리할 뿐이었다. 언제고 기꺼이 똥구멍을 빨아주려는 '빠라'들 말이다.

"뭐 좀 나왔어?"

장 차장이 살살거리며 물었다.

"계산부터 하세요."

"송아지스테이크에 희귀 와인? 이 비싼 걸?"

장 차장은 와인을 보며 눈을 끔뻑거렸다.

"거래 한두 번 하시나. 싫으면 다른 신문사 부르고요."

"알, 알았어. 계산하지."

장 차장이 카드를 긁는 사이에 승우는 마지막 스테이크 조각을 입에 넣었다. 그런 다음 박수무당 융해 살인 사건 보고서를 한 장 던져주고 일어섰다. 특근은 끝났다.

장 차장의 얼굴이 우윳빛으로 창백해지는 게 보였다. 그가 놀라는 만큼 김혁의 투입 시간은 빨라질 것 같았다.

"이거 남은 거 내가 마셔도 되지?"

장 차장은 목이 타는지 와인 병을 집어 들었다.

"키핑할 겁니다."

승우는 허락하지 않았다. 줬다가 뺏으면 똥구멍에 털 난다는 말도 모른단 말인가? 승우는 휘파람을 불며 바를 나왔다.

보안?

기밀?

안드로메다에나 가라고 해라.

어차피 내가 안 빼돌려도 수삼 일 내로 기자들에게 알려질 일.

승우는 코웃음을 쳤다. 이제 공개수사로의 전환과 김혁의 투입은 오직 시간문제였다.

두 번째로 들른 곳은 변종 유흥업소. 격무에 지친 피로를 풀기 위한 곳이다. 검사가 보통 신분인가? 국가를 위해 그토록 중대한 임무를 수행하는 사람이라면 이런 스페셜 서비스 정도는 당연히 누려야 한다는 게 승우의 신념이었다.

변종 하면 변태를 연상하는 사람들이 있는데 옳지 않다. 승우가 말하는 변종은 좋게 보면 퓨전이었다.

손님이 원하는 건 뭐든지 대령하는 곳.

그런 의미였다.

'언제든 한번 들러주십시오.'

그 가게 사장, 즉 승우의 열렬한 빠라가 그 말을 한 지 딱 2주일 되는 날이다. 이런 성의는 절대로 무시하면 안 된다. 더구나 승우보다 나이도 많은 사람이었다. 이럴 때면 철저하게 경로사상에 불타는 승우, 거침없이 문을 열고 들어섰다.

"몇 분……?"

습관적으로 묻던 웨이터가 놀라 고개를 들었다. 손님이 승우였기 때문이다.

"9번 방 비었지?"

이곳에도 승우의 전용 룸이 있었다. 승우는 당연히 그곳을 향해 걸었다.

"어, 거긴 손님이……."

웨이터가 쫓아왔지만 승우는 이미 문을 연 후였다. 안에는 정말 손님이 있었다. 막 분위기가 오른 건지 아가씨가 손님 다리 위에 냉큼 올라앉아 있었다. 어깨끈이 흘러내려 브래지어와 배꼽까지 훤히 드러낸 채. 그 아래로 또 하얀 것이 보였지만 그건 못 본 척해주었다.

"당신 뭐야?"

손님이 갈기를 세우며 물었다. 승우는 부라리는 그 눈에다 신분증을 내밀었다.

'히익!'

그가 뼛속까지 놀라는 게 느껴졌다. 어째서 안 그럴까? 아무리 술집이라지만 심하게 오버하는 중이었다. 어째서 안 그럴까? 검사 이름값이 좀 떨어졌다지만 그래도 검사는 검사였다.

"단속… 입니까?"

"한 번은 봐드리죠."

승우는 점잖게 문을 가리켰다.

"고맙습니다. 수고하세요."

손님은 꽁지가 빠져라 뛰어나갔다.

"아, 언니는 남고."

승우는 슬그머니 뒤따라 나가는 아가씨의 팔목을 잡아 세웠다.

"옷 똑바로."

"……."

"했어?"

바로 핵심을 따고 들어가는 승우. 아가씨는 황망히 고개를 저었다.

"조심해. 알았어?"

겁먹은 얼굴로 고개를 끄덕이는 아가씨.

"가봐."

승우는 아가씨의 엉덩이를 팡 하고 쳐주었다. 사장이 허겁지겁 달려온 건 그때였다.

"아이, 오시면 오신다고 연락 좀 하시지."

이미 보고를 들어 전후 사정을 알고 있을 사장. 차마 인상은 긁지 못하고 억지웃음을 지었다.

"거 방금 손님이 애국자시네. 내가 몇 푼 안 되는 국가의 녹을 먹으며 수고한다고 남겨둔 모양이야."

승우는 반쯤 남은 양주를 집어 들었다.

"아따, 왜 이러십니까? 어렵게 왕림하신 거, 화끈하게 대접할 테니까 조금만 기다리십시오."

"화끈하게라……. 다들 말만 그렇지, 뭐……."

"사람 뭐로 봅니까? 나 비록 물장사를 하지만 한 입으로 두 말은 안 합니다."

"그래야죠. 저번에 강남에 갔더니 말이야, 조 사장이란 인간이 그러더라고. 오늘 밤 풀코스로 책임질 테니까 마음 놓고 마시라고."

"그런… 데요?"

"내가 진심 궁금해서 그러는데, 풀코스라는 게 뭐죠?"

"그, 그건……."

"뭐, 말로 하지 말고 보여주세요. 직접 겪어보면 알겠지."

승우는 내공이 섞인 선공을 날리고는 사장을 삐딱하게 바라보았다. 그 얼굴이 얼마나 일그러지는지 확인하기 위해서였다.

풀코스!

말은 좋다.

그런데 시작부터 꼬였다. 몸매는 되지만 비주얼이 불량한 아가씨가 들어온 것이다.

"어이!"

승우는 웨이터를 불러 귀엣말을 했다.

"네 이상형을 데려오면 어떡해?"

말귀를 알아먹은 웨이터가 아가씨를 교체했다. 처음보다 좀 나았다. 그래도 승우는 구겨진 눈자위를 풀지 않았다. 한 번 더 체인지되었다. 이번에는 썩 마음에 들었다.

"그런데… 이 아가씨는 2차가 안 됩니다."

이번에는 웨이터가 먼저 귀엣말을 해왔다.

"그건 네 경우이고."

승우는 바로 무시해 버렸다.

술을 마셨다. 스트레이트로 마셨다. 넉 잔쯤 마시니 살인 현장이 희미해졌다. 거기에 두 잔을 보태니 코에 남아 있던 역겨운 냄새도 사라졌다. 기분이 상큼해지자 급 여자가 당기기 시작했다.

그러나 아가씨의 입장은 달랐다.

"저는 2차 안 가요."

"왜?"

"그런 거 하려고 나오는 거 아니에요."

"그런 게 뭔데?"

"아무튼 죄송해요. 그거 원하면 2차 가는 아가씨로 바꿔 드릴게요."

아가씨가 일어섰다. 그리고 또각또각 킬힐 소리를 내며 나갔다. 그 섹시한 엉덩이를, 그 짧은 치마에 살짝 가려진 탄력을 대책 없이 실룩거리며 말이다.

퍽!

울화가 치민 승우가 맥주병을 거꾸로 들었다.

콸콸!

술이 쏟아졌다. 그 위에 양주까지 보탰다. 그런 다음 웨이터를 불렀다.

"술 좀 더."

웨이터가 술을 공급했지만 그 술 또한 전부 바닥에 쏟았다. 그러자 사장이 뛰어왔다.

"여기 물건 상태가 왜 이래요? 술이 죄다 엉뚱한 데로 쏟아지네."

승우는 남은 양주를 바닥을 향해 따랐다.

"……?"

놀란 사장은 숨도 제대로 쉬지 못했다.

"여기까지가 풀코스인 모양인데, 그럼 나는 이만……."

"아이고, 왜 이러십니까?"

승우가 엉덩이를 들자 사장이 기겁하며 눌러 앉혔다.

"다, 다른 아가씨는 안 될까요? 걔는 워낙 소신이 강해서……."

"내 소신은?"

"송 영감님……."

"어쩌다 세상이 이렇게 됐나? 아가씨 소신은 지켜주고 검사 소신은 뭉개 버린다?"

"아, 잠깐만 기다리십시오. 제가 한번 딜을 해보겠습니다."

사장은 질겁하고 달려 나갔다.

'99%의 확률로 풀코스 실행!'

승우는 느긋하게 결과를 예측했다. 후환 때문이다. 유흥업소들은 호환마마보다 후환을 더 두려워했다. 이래저래 걸리는 게 많은 업소들. 뭐든지 가져다 걸면 빠져나갈 수 없었다. 그건 기업도 마찬가지였다. 웬만한 기업 하나 작살내는 거, 검사가 마음만 먹으면 껌에 불과한 일이었다.

짐작은 맞았다. 아가씨의 얼굴이 구겨지긴 했지만 사복을 입은 채 미적미적 돌아왔다.

"소금!"

승우가 풀코스의 화룡점정을 완성하기 위해 가게를 나서자 사장이 소리쳤다. 웨이터는 굵은 소금을 한 바가지나 뿌렸다.

"아, 진짜 저런 인간이 21세기에 어떻게 검사질을 해 처먹고 있나 몰라. 개막장 개쓰레기 같으니……."

사장이 치를 떠는 시간에 승우는 휘파람을 불며 모텔로 들어섰다. 아가씨는 아직도 굳어 있었다. 물론 상관은 없었다. 아가씨의 굳은 얼굴, 어떻게 펴는지 잘 아는 승우였다.

침묵으로 저항하는 아가씨의 겉옷을 벗겨냈다. 그때 그녀의 옷소매가 시계에 걸렸다.

"시계도 벗자고."

승우는 친절하게도 시계 끈까지 풀어주었다.

열두 시.

시간은 막 자정에 들어서고 있었다.

자정, 오늘에서 내일이 되는 아름답고 신비한 시간.

'이런 시간에는 여체의 신비를 탐구하는 게 가장 행복하지. 혈기왕성한 수컷의 입장에서는.'

미소가 저절로 나왔다. 하지만 행복에는 가끔 뜸이 필요한 때가 있다. 중대 거사를 도모하려는 순간에 전화기가 울었다. 차도형이었다.

─검사님, 부검 결과 나왔습니다.

"나 지금 생체 탐험하느라 바쁘니까 내일 보고해."

승우는 그럴듯하게 둘러댔다. 그런 다음, 있으나 마나 한 마지막 장애물 제거를 위해 아가씨를 바짝 당겼다.

그때였다. 승우의 콧구멍으로 비위 상하는 냄새가 왈칵 달려들었다.

"윽!"

잊고 있던 그 냄새였다. 박수무당의 시신에서 흘러나온 혈즙인지 체액인지 오장육부를 제멋대로 주물러 대던 그 냄새.

"우엑!"

입을 막은 승우는 화장실로 달려가 속을 비워냈다. 십여 분을 게워내니 좀 나았다.

'젠장, 뽀다구는 좀 안 나지만……'

다시 침대로 돌아온 승우는 아가씨에게 명령조로 물었다.

"향수 없냐?"

"......."

"없냐고?"

"있어요."

"줘봐."

승우가 손을 내밀었다. 아가씨는 가방 쪽으로 걸어가 향수를 꺼내왔다. 에스디로더 뷰티플. 관능적인 냄새가 괜찮았다. 승우는 그걸 아가씨의 몸에 흥건히 뿌렸다. 그런 다음 팽개치듯 병을 동댕이치고는 마지막 과제에 충실했다.

'간단하잖아?'

향수 냄새가 코를 편안하게 해주었다. 덕분에 금세 악취를 잊었다. 이제는 오롯이 핵심만 남았다. 여자의 하얀 속살을 향해 진격하는 것.

하지만 위대한 수컷의 과업을 수행하려는 순간, 또다시 저 심연의 끝에서 욕지기가 치밀었다.

"우에엑!"

덩어리가 역류해 올라왔다. 이번에는 아가씨의 몸에 쏟았다. 어찌나 전격적인 폭발인지 입을 돌릴 시간도 없었다.

쫘악!

파르르 떨던 아가씨의 손이 승우의 뺨에 작렬했다. 그녀는 토사물을 마구 털어 승우에게 던지고는 옷을 집어 들고 문으로 향했다. 그리고 보란 듯이 Fuck You를 날리고 시야에서 사라졌다.

"우에, 우에엑!"

물론 승우는 잡지 못했다. 그 순간에도 토악질을 하느라 정신이 없었기 때문이다.

승우가 보지 못한 건 또 하나 있었다. 바로 승우의 오른 팔목. 그 팔목에 시리도록 푸른빛이 서린 흰 궤적이 팔찌의 형태로 탱탱하게 차오르는 걸. 승우가 완전히 떡실신이 되어 늘어졌을 때, 그 빛은 흔적도 보이지 않았다.

*　　　*　　　*

김 오지게 새버렸다.

고지를 눈앞에 두고 어이없는 일이 벌어졌다. 유흥업소 순례에 이골이 난 승우의 사전에는 절대 없던 일이다. 다른 일 같으면 술집 사장이나 모텔 사장을 족치기라도 하겠건만 사안이 사안이다 보니 말조차 꺼낼 수 없었다. 쪽이 무지막지하게 팔리지 않는가?

뺨은 아직도 얼얼했다. 보기보다 손맛이 매운 여자였다.

'아, 간만에 보는 속살 빵빵 글래머였는데……'

놓친 고기는 커 보이게 마련이다. 집으로 돌아온 승우, 눈을 감으니 아가씨의 탱탱한 에스라인 나신이 눈앞에서 아른거렸다.

'에이, 잠이나 자자.'

이불을 뒤집어썼다. 새벽 두 시가 가까운 시간. 다른 빠라를 불러내 대리만족을 찾기에도 늦은 시간이었다.

'응?'

잠시 눈을 감고 있던 승우는 뭔가 불길한 아른거림에 번쩍 눈을 떴다. 숨을 죽이고 재빨리 주변을 청각으로 스캔해 보았다. 도둑놈이 든 걸까? 그렇다면 그놈은 대한민국 서울에서 가장 재수가 없는 놈이 분명했다.

우웅!

귓전에 들어오는 건 냉장고 모터 도는 소리뿐이었다. 그것 외에는 아무 소리도 들리지 않았다.

'이게 다 박수무당 때문이야.'

낮에 입은 데미지가 컸다. 그래서 그런지 스트레스가 이만저만이 아니었다. 승우는 고개를 저으며 눈을 감았다.

"……?"

하지만 또 눈을 뜨고 말았다. 이번에는 뭔가 심상치 않은 빛, 서늘한 빛이 머릿속에서 일렁거렸다. 확인하기 위해 다시 눈을 감았다.

우어엉!

"……?"

후우웅!

'뭐야?'

상체를 번쩍 세웠다. 난생처음 듣는 기괴한 뒤틀림의 소리가 아닌가? 혹시나 하는 마음에 까치발로 내려와 침대 아래와 소파 밑을 뒤졌다. 고양이 같은 게 몰래 들어올 수도 있었다.

고양이?

생각해 놓고 보니 웃음이 나왔다. 승우의 집은 주거용 오피스텔이다. 그것도 18층이다. 고양이는 있을 수 없었다. 날개 달린 고양이가 아니라면 말이다.

다시 자리에 누웠다. 천장을 무섭게 쏘아보았다. 아무 소리도 들리지 않았다. 피곤해서 그래. 가만히 눈을 감았다.

우아앙!

우워어!

에헤헤!

꾸우우!

"……?"

들렸다. 이번에는 더 길고 섬뜩했으며 더 몸서리치게 만들었다. 어린아이의 웃음인지 통곡인지 분간하지 못할 소리가 뼈마디를 후비고 들어왔다. 승우는 얼른 옆으로 구르며 누워 있던 자리를 확인했다.

귀신인가?

귀신은커녕 쥐뿔도 없었다. 왕성한 수컷에게서 묻어나 차곡 차곡 쌓인 홀아비 냄새만 진동할 뿐.

한마디로 미치고 팔짝 뛸 일이었다.

우에에!

끼이이!

에헤헷!

승우는 밤이 새도록 기이한 소리와 빛에 시달렸다. 눈을 감으면 머리와 귀를 따고 들어오고, 뜨면 잔상과 잔음으로 남아 등뼈를 전율하게 만드는 소리.

"에이, 썅!"

짜증이 핵폭발을 하며 결국 쌍욕을 하고 말았다. 침대보와 베개도 집어 던졌다. 이런 현상은 날이 샐 때까지 계속되었다. 다만 새벽 네 시가 지나면서 조금 약해졌을 뿐.

머니머니머니닝!

머니머닝!

전화벨 소리가 요란하게 울렸다. 받지 않았다. 날이 샌 후 겨우 든 잠. 대통령이 와도 일어날 수 없었다. 물론 전화도 만만치 않았다. 그 집요함이 다섯 번이나 계속되자 승우는 전화를 냉장고 안에다 처넣었다. 벨소리는 더 이상 들리지 않았다.

쾅쾅쾅!

이번에는 문 차는 소리가 들렸다. 누굴까? 이토록 완벽하게 싸가지를 실종한 인간은. 일어나서 때려 뭉개고 수갑을 고이 채워주고 싶었다. 하지만 잠이 깰까 봐 일어나지 않았다.

"송 검사님! 송 검사님!"

이제는 이름까지 부른다.

"아, 진짜……!"

결국 승우는 이불을 걷어차고 자리에서 일어났다.

"뭐야?"

앞이 누렇게 변색된 팬티 차림으로 문으로 다가가 빼액 소리를 지르는 승우.

"저 차도형입니다."

"차도형이고, 인도형이고… 응?"

차도형? 지검 수사관?

그가 아침부터 왜?

무심코 시계를 돌아보는 승우. 그런데 시계가 고장이 난 모양이다. 뜬금없이 오후 두 시를 가리키고 있지 않은가?

"잠깐 기다려!"

승우는 입이 찢어져라 하품을 하고 옷을 걸쳤다. 그런 다음 문을 열어주었다.

"지금 일어나신 겁니까?"

차 수사관이 눈살을 찌푸리며 물었다.

"그게 뭐?"

"아, 지금이 몇 신데요?"

"몇 신데?"

"아, 미치겠네. 어제 또 진탕 빨았어요? 오후 두 시잖아요!"

'응?'

승우는 다시 벽시계를 바라보았다. 두 시 오 분. 시계는 아주 정확했다. 알고 보니 고장이 아니었다.

"지금이 오후란 말이야? 아침이 아니고?"

"아, 술 냄새… 앤드……."

차 수사관은 뒷말을 흐리며 코를 막았다.

"그럼 아까 전화 온 게?"

"어젯밤에도 그러더니 전화는 왜 안 받습니까? 부장님도 열 번은 넘게 한 것 같던데……."

승우는 냉장고 안에서 전화기를 꺼냈다.

'윽!'

안면 근육이 일제히 일그러졌다. 부재 중 전화가 자그마치 22통, 문자 메시지도 10통이 넘게 답지해 있었다.

"미안. 핸드폰을 무음으로 해둔 걸 깜박하고 말이야."

그래도 핸드폰에는 빠져나갈 구멍이 있었다.

"아무튼 지금 난리 났습니다. 빨리 지검으로 들어가세요."

"난리? 왜?"

아직 술이 다 깨지 않은 송승우. 자신이 어젯밤에 무슨 만행을 저지른 건지 필름을 되감기 시작했다.

"아, 어떤 개자식이 박수무당 살인 사건 정보를 누출해 가지고 신문에 대문짝만 하게 나왔다고요. 악귀 강림, 박수무당 내장 믹서 살인 앤드 미얀마 모자 제물로 납치 감금, 국제 살인 사건이라고 말입니다."

"세상일보 장광일?"

"어, 보도 보셨어요?"

"아, 아니, 그런 거 터뜨릴 인간이라면 그 인간밖에 더 있겠어?"

승우는 재빨리 상황을 수습했다.

"아무튼 빨리 출근하세요. 윗선에서 난리입니다."

"부장님에게는 뭐라고 그랬어?"

"뭐, 혐의자들 만나러 간 모양이라고 둘러대긴 했는데 씨도 안 먹혔습니다. 오전 내내 연락이 안 되니……."

"부검 결과는?"

"직접 보세요."

차도형은 결과지를 건네주었다.

"알았으니까 급하게 수사할 거 있으면 먼저 가봐."

"미적거릴 틈 없습니다. 지금 진짜 비상 상황이라니까요."

"아, 정말… 장사 한두 번 해? 이건 수사비에 보태 쓰고."

승우는 20만 원이 든 봉투를 찔러주었다. 차도형은 입술을 실룩거리더니 별수 없이 물러갔다.

수사관 부려먹기.

이 또한 쉬운 일은 아니었다. 검사라면 수사관들과 호흡이 잘 맞아야 했다. 검사 혼자 북 치고 장구 치는 건 아니니까.

그중에서도 가장 좋은 호흡의 당근은 승진이었다. 수사관은 공무원이다. 나름 직급이 있다. 다들 5급 사무관 정도는 되길 원한다. 지검에서 5급 검찰사무관이 되면 왕 능구렁이가 된다. 초임 검사 정도는 겁도 내지 않는다. 마치 군대의 인사계가 소위, 중위 대하는 것과 같다고나 할까?

"어디 보자. 국과수 친구들이 일을 제대로 했나 안 했······?"

소파에 엉덩이를 날리고 부검감정서를 펴 든 승우. 눈썹이 삐쭉 치켜 올라갔다.

―이강순, 골격과 피부 외에 근육, 내장, 신경, 뇌 등 완전 융해.

―두개골 뒤틀림과 변형, 법의학적 소견으로 추정 불가.

―독극물 내지 기타 독성 물질 투여에 의한 법의학적 소견 없음.

―사망 추정 시간 28일 오후 11시~29일 새벽 2시 사이.

—엄청난 내외부의 압력이 사망의 직접 원인으로 보임. 압력 장비나 장치 추정 불가.

※ 의학적으로 밝혀지지 않은 극 특이체질일 가능성 있음.

완전 용해! 극 특이체질 가능성!

승우는 그 단어들을 새긴 후 다음 보고서를 펴 들었다.

—뮤뮤, 신체상 이강순과 반대 현상, 세포 팽창으로 보아 분석 불가의 물질 체내 과다 흡입 의심.

—신체 상태로 보아 원인 불명의 질환 의심.

—사망 추정 시간 25일 오후 11시~29일 새벽 2시~29일 오전 사이.

—신병으로 인한 신체 기력 저하 소견.

줄줄이 이어지는 영양가 없는 단어들 끝에 더 영양가 없는 단어가 보였다.

—무소견 부검.

무소견 부검.

부검을 했지만 사인을 정확히 밝힐 수 없다는 뜻이다.

유추를 해보면 여자의 죽음은 살해 후에 단지에 넣어졌다는 추론이 가능해진다.

　'아, 이것들이 정말……'

　응?

　고개를 흔들던 승우의 시선이 이강순과 뮤뮤의 사망 시간에서 멈췄다.

　대충 보면 거의 같은 시간이다. 그런데 여자는 어째서 사망 추정 기간을 나흘이나 잡았단 말인가?

3장
운명에의 이끌림

오타?

'아, 얘들이 진짜 뭐 일하는 거 보면…….'

타이핑 오타인가 싶어 바로 전화기를 집어 드는 승우. 그런데 맨 아래에 따로 적힌 코멘트가 보였다.

―사망 시간을 나흘로 잡은 배경은 뇌 작용 때문임. 다른 장기와 피부 조직은 25일 오후 11시~새벽 2시 사이에 사망 추정이 가능하나, 뇌 분석에서 28일 자정 무렵~29일 오전까지 산발적 활동 흔적이 엿보임.

산발적 활동?

심장과 뇌가 따로 놀았다는 뜻이다.

'이것들이 의대를 뒷구멍으로 나왔나?'

말도 안 되는 소리였다. 발끈한 승우는 바로 번호를 눌렀다. 전화는 집도를 주관한 검시관이 받았다.

"이걸 지금 부검 소견서라고 리포트 했습니까? 엄연히 시신이 있는 부검인데 사망 추정 시간이 왜 이따위로 나옵니까?"

승우는 핏대부터 올렸다. 이미 부검이 끝난 상황. 더 아쉬울 것도 없었다.

―당신 누구요?

"누구? 나 이 사건 담당 주임검사 송승우입니다."

―나 참, 전화 걸 때는 받지도 않더니…….

"전화?"

―부검상 애로가 있어서 현장 사진을 요청하려고 전화했는데 전화가 깜깜이더군요. 부검은 재촉하면서 연락은 왜 안 되는 겁니까?

"당신이 현장 사진은 봐서 뭐 할 건데?"

승우의 목소리가 점점 높아졌다.

―허, 이 양반 초짜 수사검사인가? 모든 사건은 현장에 법의학적 증거물이 남게 마련입니다. 그런 게 있으면 부검의 실마리가 되기도 한다고요.

"그럼 당신이 검사 하든가?"

―이 양반, 말을 해도…….

"그러니까 여자 사망 시간이 그그그제라는 겁니까, 어제라는 겁니까?"

―소견서 제대로 안 읽었습니까? 우리는 신이 아닙니다. 나름 할 만큼 했으니까 나머지는 검사님이 알아서 하세요. 나도 그 사건, 세 명이나 급행 태워주느라 일이 밀려서 오늘도 밤새울 판입니다.

검시관은 그대로 전화를 끊어버렸다.

'이성욱 검시관? 오냐, 어디 두고 보자. 내가 법복 벗기 전에 어떻게든 네 뒤통수 한번 박박 긁어줄 테니.'

승우는 괜한 오기를 발동하며 마지막 장을 넘겼다.

―민민, 교사와 흉부 압박으로 사망 추정.

―사망 추정 시간 21일~22일로 추정.

―사망 시간에 비해 사체 상태는 어제 사망한 것처럼 양호함.

플러스, 마이너스.

간단히 생각하면 그랬다. 박수무당과 미얀마 여자의 사망 원인.

한 사람은 빠져서 죽고, 또 한 사람은 채워져서 죽었다.

사망 순서는 어린아이, 박수무당, 여자의 차례였다.

말도 안 되는 뇌 활동의 흔적을 곧이곧대로 인정한다면 말이다.

'죽은 여자의 뇌에다 어떤 무식한 부검 어시스트가 콘센트라도 꼽은 모양이지.'

승우는 뇌 소견은 무시해 버렸다. 도무지 말이 안 되는 일이기 때문이다.

귀신이 범인!

결론은 그것에 가까웠다. 목이 졸려 죽은 아이만 빼고 말이다. 귀신이 아니라면 누가 그런 식으로 사람을 죽일 수 있단 말인가?

그런데 곰곰히 생각해 보니 이상한 건 또 있었다. 여자의 눈. 처음 승우가 보았던 여자의 눈. 어쩐지 살아 있는 것처럼 또렷하던 그 눈. 그러나 다른 사람들은 보지 못한 그 눈.

'에이, 생각할수록 머리에 쓰나미 몰려드네.'

서류를 밀쳐두고 양치질부터 했다. 술 냄새가 겨우 가시는 것 같았다. 식당으로 가 해장국도 퍼 넣었다. 국물이 들어가니 속 쓰림이 진정되었다. 이제는 악질 시어머니 같은 부장에게 오전 시간의 알리바이를 증명할 시간이다.

'쳐다보기도 싫지만……'

승우는 무복(巫服)을 파는 곳으로 달려갔다. 거기서 닥치는 대로 무복을 집어 들었다.

무당들은 강신무를 할 때 무복을 입는다. 각 굿거리마다 개개 신의 신복이 따로 있다. 승우의 기억에 의하면 20여 가지

되었다. 승우의 어머니도 그렇게 입고 방방 뛴 적이 많았다.

"이거 얼마?"

승우는 40대가 다 된 주인에게 반말 투로 물었다. 주인은 기분이 나쁜지 승우를 쏘아보았다. 그러나 상대는 손님. 갑질이야 밉지만 돈 나올 구멍이니 마지못해 흘려듣는 주인.

"박수무당 살인 사건 못 들었어?"

이것저것 만져본 승우가 검사 신분증을 디밀었다.

"보긴 했는데요."

주인의 인상이 구겨졌다. 한층 더 재수가 없다는 표정이다.

"그 박수무당하고 거래했어?"

승우는 엉뚱한 곳을 바라보며 물었다. 상대를 깔볼 때 써먹는 수법이다.

"잘 모르는 무당이라오."

"진짜?"

승우는 압박이 먹히자 슬쩍 목청을 높였다.

"그럼 진짜지, 뭐 하러 거짓말을 합니까?"

"어떻게 생각하쇼?"

"뭘 말입니까?"

"내장 믹스 흡입 살인 말이야. 무속인 중에 의심 가는 사람은 없어? 그런 엽기 성향을 가진 인간이라든지, 그런 걸 믿는 사이코라든지."

"아, 그거야 검찰이나 경찰이 할 일이지 나 같은 놈이 뭘 압니까?"

"이거 수사에 잠깐 쓰고 돌려주면 되겠지?"

"예?"

"명함, 택배로 보내드릴 테니까."

"……."

"아, 저기 저 작두 말이야. 그것도 내 차에 좀 실어주서. 수사 방향 잡는 데 필요한 아이템이라서."

"……."

"왜, 싫으서? 그럼 제대로 절차 밟아서 수사관 쫙 깔아드릴까?"

"아, 알았습니다. 실어드릴 테니 빨리나 돌려주세요."

주인은 화를 삭이며 날 선 작두를 집어 들었다.

"……."
"……."
"……."

다시 오 부장 방에서 만난 승우와 오 부장, 그리고 지검장. 셋은 눈빛 쏘기로 만남을 시작했다. 그러다 오 부장이 먼저 입을 열었다.

"그러니까 무속인협회부터 산하 무속인들, 서울 시내 무속

관련 매장을 다 도느라 눈코 뜰 새 없었다?"

"예."

"그래서 전화도 못 받았다?"

"그게 말입니다. 어떤 무속인들은 지하 골방에 들어앉아서 점을 치기도 해서……"

"그런 건 수사관들 시키면 되는 거 아닌가?"

"수사관들에게 의존하는 건 옛날 방식입니다. 지금은 검사가 먼저 모범을 보이지 않으면 말 안 듣습니다."

"전에 없이 바람직한 태도로군."

오 부상의 빈성서림이 작렬했다.

"감사합니다. 하지만 아직도 우리나라에 핸드폰 안 터지는 데가 생각보다 많습니다."

"이건 좀 치우는 게 좋지 않겠나?"

지검장의 눈은 시퍼런 작두에 꽂혀 있었다.

"그게 말입니다. 아무래도 무속인들의 도구 중에서는 흉악 범죄에도 쓰일 수 있는 유력한 거라……"

승우는 기다렸다는 듯이 설명을 이었다.

"방향이 틀리지 않나? 작두는 써는 거고, 살해당한 무당은……"

"그게… 무속에는 일반인이 이해하지 못하는 영역이 많지 않습니까? 작두만 해도 장군신이 실리면 맨발로 올라가 춤을

춘답니다. 그런데 상식하고는 달리 작두날이 제대로 서야 발이 베이지 않지요. 뿐만 아니라 작두를 갈 때도 깨끗한 한지로 입을 봉하고 정갈한 마음으로 갈아야 합니다. 만약 작두를 갈 때 세속적인 생각을 하거나 옆 사람과 애먼 대화라도 나누면 무당 발이 작살이 나지요."

"송 검사!"

승우가 긴 설명을 이어가자 오 부장이 태클을 걸어왔다.

"이번 사건은 여타 살인 사건과는 궤가 다릅니다. 일반인이 범인이라면 최소한 극악 사이코패스라는 이야긴데, 물론 그 친구들일 가능성도 배제할 수 없습니다. 그들은 강박관념, 탐욕, 질투나 시기 때문에 살인을 하기도 하고 특별한 살인 행위에서 희열을 느끼려 들기도 하니까요. 따라서 생명의 존엄성을 안드로메다에 갖다 버린 이번 사건도 그런 친구들이 범인일 가능성을 두고 동종 전과자 중심으로 리스트를 작성하고 있지만 이건 아무래도… 아, 물 한 잔 마시겠습니다."

승우는 생수병을 들고 목을 축인 후 말을 이어갔다.

"제 말은 무당들의 능력, 그러니까 그들이 귀신을 부린다는 겁니다. 즉 상식을 뛰어넘는 생각이 필요하다는 거죠. 따라서 작두가 써는 데만 쓰인다고 생각지 마시고 무당의 영력으로 사람의 내장을 썬다면… 영력으로 말입니다. 옛날에 궁중에서 궁녀들이 서로 저주할 때 인형 허수아비를 바늘로 찌르면 사람이 아프듯이……."

"송 검사!"

오 부장은 끝내 테이블을 내려쳤다.

"죄송합니다. 워낙 초유의 사건인지라 사이코패스보다는 무당… 무당의 세계를 먼저 이해하지 않으면 안 될 것 같아서……."

승우는 지검장을 향해 깍듯이 고개를 조아렸다. 이럴 때는 어머니가 고마웠다. 그녀가 무당을 했기에 술술 설명이 가능했다.

"사이코패스보다 무당 쪽이라고 했나?"

지검장이 말꼬리를 붙들었다.

"예!"

"그렇게 접근하는 근거는?"

"피살자 중의 미얀마 여자, 그 여자도 무당일 수 있습니다. 이걸 보시면……."

승우는 이강순의 집에서 나온 검은 저울 상자를 꺼내놓았다.

"미얀마 사람들에게 확인 결과, 미얀마의 토속신앙을 이끌던 고대의 낫꼬도 일부가 사용하던 무속 도구일 가능성이 있답니다."

"그냥 보기엔 장식용 모형 저울 같은데?"

"지검장님은 미얀마의 토속신앙을 아십니까?"

"미안하지만 아직 미얀마에 가보지 못했네."

"미얀마에는 토속신앙이 셀 수도 없이 많답니다. 무당부터 시작해 혼령술사, 잡신술사……."

승우는 또 줄줄이 설명을 토해냈다. 물론 이번 것은 자기 마음대로 지어낸 것이다.

"미얀마 모자는 지하실 단지 속에 밀봉된 채 발견되었다면서? 그렇다면 한국 무당과 미얀마 무당이 대결을 벌였을 수도 있지 않나?"

쓴 입맛을 다신 지검장이 화제를 돌렸다.

"시신은 제가 발견했습니다."

승우는 생색내야 할 곳은 결코 빠뜨리지 않았다.

"셋은 어떤 관계인가?"

지검장의 미간이 살짝 일그러졌다.

"조사 중입니다."

그러고 보니 중요한 걸 빼먹었다. 피살자들의 관계를 밝혀야 했다. 하지만 눈도 하나 끔빽하지 않고 받아쳤다. 수사는 승우 손안에 있는 일. 그렇다면 지금부터 시작해도 상관없을 것이다.

"사건 접근이야 그렇다고 치고, 이건 누구 입에서 새어 나간 정보인가? 결국 비공개 수사는 물 건너가 버렸잖아?"

지검장은 똥 씹은 얼굴로 신문을 흔들었다. 승우의 오전 시간 행방불명에 대해서는 더 추궁하지 않겠다는 신호였다.

〈세상일보 장광일 기자.〉

기자의 이름이 또렷하게 보였다.

착한 놈!

특근의 아름다운 결과!

승우는 입가에 맴도는 미소를 얼른 감춰 버렸다.

"일단 업무 담당자들과 현장 감식반원, 그리고 관련 경찰들을 중심으로 색출해 보겠습니다."

승우는 비장하게 대답했다. 지검장이 좋아하는 자세이다.

"지금 그게 할 소린가? 수사라는 게 ABC가 있지 않나? 내부적으로 보안을 걸었으면 담당 주임검사인 자네가 책임을 져야지!"

지검장이 소리를 높였다.

"그럼 관련자 전원을 조사실로 불러다 족치겠습니다."

이번에는 목소리를 높여 변죽을 울리는 승우.

"허어, 이 친구 정말……."

지검장의 입에서 탄식이 쏟아졌다.

"기왕 이렇게 된 거 할 수 없지요."

듣고 있던 오 부장이 전화기를 집어 들었다. 잠시 후에 노크 소리가 들리더니 김혁 검사가 들어섰다.

"앉게."

"예!"

오 부장은 김혁에게는 사뭇 우호적이었다. 물론 그럴 만한 이유가 있었다.

큰 키에 인상 좋은 얼굴, 빈 틈 없는 업무 처리 능력, 원만한 상하 관계, 거기에 더해 무지막지하게 빵빵한 집안.

마지막 요소가 특히 아름다울 정도로 완벽한 인간이었다.

물론 그를 보는 순간, 승우의 얼굴에도 우호적인 미소가 가득 피어올랐다. 승우의 머리에 그리던 시나리오가 착착 진행되고 있는 것이다.

"언론에 보도되면서 우리 부담이 커졌어. 조금 전에도 인터넷 사이트를 보니 확대 기사와 추측 기사가 줄을 잇고 있더군. 총장님과 장관님도 관심을 표명하셨는데, 하루빨리 범인 검거해서 국민들 안심시키라는 지시야. 그러니 공개수사팀을 제대로 꾸려야 할 판이라고."

"걱정 마십시오. 사건만 보면 초엽기적이지만 오히려 쉬울 수도 있습니다."

승우는 담당 주임검사로서 적극적으로 의견을 피력했다.

"자네는 아주 단정적이군."

지검장의 목소리에 가시가 돋아 있다.

"시체가 말을 하지 않습니까? 범인은 무속인입니다."

"너무 속단하는 거 아닌가? 결정적인 단서가 나오지도 않았다면서?"

"아까도 말씀드리지 않았습니까? 무속인들의 영적인 능력……"

"또 귀신 얘기 하려고 그러나? 작두를 염력으로 조절해서 내장을 잘근잘근 써니 어쩌니 하는?"

"그냥 영적 살인이라고 불러주시죠."

"영적 살인?"

지검장이 물었다. 승우는 빙긋 웃으며 슬쩍 고개를 끄덕였다. 임기응변으로 붙인 이름이지만 썩 마음에 들었다.

영적 살인!

"보고 받으셨겠지만, 부검 소견서도 그쪽으로 쏠리고 있습니다. 수분이 쪽 녹아서 빠져버린 이강순과 분석 불가의 질량이 늘어난 채 사망한 미얀마 여자, 아무래도 영적 살인의 냄새가 나지 않습니까?"

"자네가 보고를 하지 않았는데 누가 보고한단 말인가?"

옆에 있던 오 부장이 핀잔을 날려 왔다.

"죄송합니다. 워낙 사건이 정신없다 보니 수사할 게 많아서……"

"알았으니까 다음부터는 보고를 우선순위로 하게."

"걱정 마십시오. 바로 검거하겠습니다. 그게 귀신이든 마귀 할멈이든!"

승우는 회심의 미소를 지었다. 일단 오전 행방불명에 대한 면피는 확실해 보였다. 공개수사 팀의 윤곽도 나왔다. 총책임자는 오 부장, 담당 주임검사는 송승우, 기타 지원 검사에 김혁.

'그럼 여기서 나도 승부수를……'

승우는 누그러진 지검장의 표정을 확인하고는 바로 역공을 날렸다.

"기왕 보강하는 김에 조기호 검사도 붙여주십시오."

"조기호?"

오 부장이 발딱 고개를 들었다.

"열의가 있는 친구이니 경험도 쌓을 겸 좋지 않습니까?"

부장은 승우 대신 김혁을 바라보았다. 원래 점잖은 김혁은 그저 가만히 웃었다. 특별히 반대하지 않는다는 표정이다.

"알았어. 그렇게 해. 아무래도 수사 검사가 셋은 되어야 외부에도 모양이 나겠지. 기자들 몰려와 있으니까 공개수사에 대한 보도 자료 돌리고."

"제가요?"

"송 검사가 일 확대시켰잖아? 기자들하고 종종 술자리 하는 것도 아니까 대충 구워삶으라고."

부장의 말과 함께 공개수사의 틀이 완성되었다.

하나는 외로워 둘.

둘도 외로워 셋?

그건 아니었다. 승우 나름 계산법이 있었다. 김혁과 둘이 한팀이 되면 문제가 생길 수도 있었다. 바로 의견 대립이다. 지검 안에서 김혁의 평판은 당연히 압도적이었다. 그렇다면 승우가 불리했다. 담당 주임검사라는 명분도 소용없을 수 있었다.

그러나 2 대 1이 된다면? 그러면 천하의 김혁이라도 별수 없다. 그래서 조기호가 필요했다.

조기호.

이제 갓 1년을 넘긴 신입 검사. 그럼 정의감에 불타지 않겠냐고? 물론 불탄다. 하지만 그 불은 승우를 만나면서 색깔이 바뀌고 말았다. 친절한 선배인 승우는 국 부장에게 전수받은 비장의 무기를 그에게 써먹었다.

수컷 후배에게 코 삐뚤어지게 술 퍼 먹이고 두 아가씨 안겨 재우기.

순진하던 승우의 운명을 바꿔놓은 그 사건.

하나도 아니고 무려 둘이었다.

그리하여 국민을 위해 정의로운 검사가 되려던 마음을 접고 개인의 영달을 추구하는 권력과시형 검사의 길을 걷게 된 그 사건.

이건 완전 효과 100%짜리였다.

누구든 당하면 승우의 편이 되는 것이다. 승우가 국 부장에게 그랬듯이.

물론 조기호에게만 써먹은 건 아니다. 지금까지 도합 네 명에게 썼지만 약발을 받은 건 조기호뿐이었다. 그러니 조기호는 무조건 승우의 편을 들 수밖에 없었다.

긴급 상황을 마무리하고 돌발 상황까지 유리하게 돌려세운 승우는 김혁과 함께 복도 끝에 마주 섰다. 동료 검사가 아닌 사건 담당 주임검사라는 주체로서.

"내 사건도 미궁이라 골치 아픈 판에 갑자기 이쪽을 지원하라니, 난감하네."

김혁이 어깨를 으쓱해 보였다.

"그러게 높으신 양반들은 우리 사정을 모른다니까."

"조 검사도 합류한다니 둘이 하루 이틀만 분투해 줘. 디지털 포렌식으로 접근하는 게 있는데 정리 좀 되면 바로 도와줄게."

김혁은 책임감이 투철했다. 승우와는 완전히 반대의 성향이었다.

미래의 검찰상!

지검에 도는 그의 평판이다. 이 평판은 벌써 검찰총장의 귀에도 들어갔다고 한다. 말하자면 그는 자기 일을 스스로 찾았다. 아무것도 없는 현장을 맡겨도 불평하지 않았다.

'검사는 피해자와 같이 절망과 고통을 공유해야 한다. 검사라서 범인을 잡는 게 아니다. 피해자를 위해 검사가 할 일은 오직 범인을 잡아주는 것뿐이다.'

그가 미궁에 빠진 엽기 살인 사건을 해결하고 인터뷰에서 했던 말이다. 가슴까지 따뜻한 검사. 그는 이 기사 한 줄로 인기 검사의 반열에 등극하게 되었다.

"오케이. 걱정 말고 일보라고. 내가 쫙쫙 밀어붙이고 있을 테니까."

승우는 김혁을 채근하지 않았다. 김혁은 자기가 한 말에 책임을 지는 성향이기 때문이다.

"뭐, 오늘내일이라도 송 검사가 범인을 잡아주면 정말 땡큐하고. 내 사건도 골치 좀 아프거든. 하나는 완전 미궁으로 간 거 같아."

"아무튼 신문에 터진 거, 잘된 거지?"

"응?"

"대대적으로 보도가 되면 범인도 쫄 거 아냐. 그럼 심리적인 압박으로 자수할 확률도 높아지고. 높으신 분들은 전전긍긍하지만 내가 보기엔 잘된 일 같은데?"

"하지만 기자들이 죽치면서 따라붙으면 신경 쓸 일도 많아져. 언론 관리 때문에 수사력도 낭비하게 되고."

"좋게 보자고. 긍정의 힘!"

"그러지, 뭐. 사건 개요는 우리 윤오승 수사관에게 두어 부 보내주라고."

김혁은 쿨하게 응수하고 계단을 내려갔다.

나이스!

승우는 속으로 쾌재를 불렀다. 김혁이 합류한 이상, 이제 승우는 골머리에서 해방이다. 반면 공은 승우의 것, 과는 김혁의 것이다. 설령 미제 사건으로 남더라도 김혁이 팀원인 이상 내외부의 질책은 김혁이 실드가 될 것이다.

"검사님!"

승우가 검사실에 들어서자 권오길이 고개를 돌렸다. 그의 책상에는 부장실에서 가져온 무복과 작두가 놓여 있었다.

"이거 정말 사건 연구에 참고할 겁니까?"

"어? 참고 끝났어."

"그럼 창고에 넣어둘까요?"

"아니, 여기로 택배로 보내."

승우는 명함을 던져주었다. 아주 친절한 한마디와 함께.

"착불로다가!"

"어이, 피살자들 말이야, 어떤 관계인지 알아봤어?"

음료수 한 병을 깐 승우는 수사관들을 다그쳤다.

"지금 조사 중입니다."

뺀질이 차도형이 주저 없이 바로 대꾸하고 나왔다.

"어떻게?"

"일단 주변 탐문 중이고요, 미얀마 모자의 한국 행적을 조사 중입니다."

"최초 목격자는?"

"두 번이나 확인했는데 상이점 없습니다. 전과도 없어서 용의선상에서 제외했습니다."

"나수미 씨, 제보나 신고 같은 건?"

"제보팀에서 받고 있는데 아직은 쓸 만한 게 없답니다."

"24시간 체크해."

"그러죠."

"차 수사관, 이강순 신원 조회 보강 조사는?"

나수미를 닦아세운 후 슬쩍 방향을 트는 승우.

"사기죄로 세 번 기소된 적이 있는데 금액이 많지 않아 기소 중지, 고소 취하 등으로 끝났습니다."

"담당 검사가 누구야? 뭐 받아 처먹었나, 왜 매번 기소 중지야?"

"검사님!"

"알았어. 계속해 봐."

"남동생이 제주도에 있어서 전화로 통화했는데 이강순이 워낙 인물이 반반한 데다 동안이고… 아무래도 직업상 주로 여자 고객이 많다 보니……."

"이 여자 저 여자 닥치는 대로 꽃……."

되는 대로 말하던 승우, 나수미의 눈빛을 의식하고는 얼른 방향을 바꾸었다.

"꽃을 피웠구만. 바람기의 꽃을. 큼큼!"

"일단 신내림을 받아 무당이 되기는 했는데, 그동안 굴곡이 많았던 모양입니다. 처음에는 용하다고 소문이 나면서 큰손들 상대로 대박 좀 쳤는데 그게 오래가지 않아서 오랫동안 슬럼프. 그런데 오랜 방황 후에 최근에는 곧 접신 능력이 회복될 것 같다고 좋아했다고 합니다."

"원한 같은 건 산 적 없고?"

"그건 아닐 거라던데요? 신과의 교감을 위해 여기저기 명산, 명소를 돌아다니느라 원한 살 시간도 없었을 거라며……."

"그럼 도로공사 연락해서 체크해 봐. 고속도로 탔으면 기록 남았을 테니까."

"이미 조치해 놨습니다."

여기서는 너만 잘하면 돼요.

어째서 그 말이 그렇게 들렸을까? 슬쩍 존심이 긁힌 승우는 그대로 물러서지 않았다.

"그럼 하는 김에 이강순 출입국 기록도 전부 조회해. 어쩌면 미얀마에 가서 바람피우고 왔을지도 모르지."

"예? 그럼 뮤뮤가 이강순의 아이를 낳은 거란 말입니까?"

"아니라는 법도 없잖아?"

상상력이 멋대로 가지를 치기 시작했다.

"40대 후반과 20대 중반 여자가 말입니까?"

"스무 살 동남아 여자하고 결혼하시는 50대 한국인도 있으십니다. 어차피 우리가 하는 일 아니니까 피살자 3인 유전자 분석이나 오더에 올려놓으시죠."

승우는 똥고집으로 맞섰다.

그런 다음 보도 자료를 검토했다. 특별히 추가된 상황은 없었다. 미얀마 여자의 사망은 뇌 결과를 빼는 쪽으로 맞추어두었다. 법의학자들도 할 만큼 했다는 상황. 다 밝혀서 긁어 부스럼을 만들 이유가 없었다.

승우로서는 오늘만 넘기면 그만이었다. 나중에 문제가 되면 김혁을 전면에 내세울 생각이다. 그가 만든 이유라면 부장이나 지검장의 눈총 정도는 패스할 게 분명했다.

아무튼 승우가 손을 대니 보도 자료가 확 달라졌다.

제목을 바꾼 것이다.

'역시 제목이라니까. 임팩트가 확 붙잖아?'

자화자찬으로 기분이 좋아진 승우는 조기호 검사를 불러

기자실로 내려갔다.

기자!

대개의 직업이 그렇듯이 그들의 효용도도 두 얼굴을 가지고 있었다. 검찰청에서 보는 각도도 그랬다. 뭔가 업무 홍보할 일이 생기면 그들이 몹시 필요했다. 어떻게든 한 줄 기사가 나와야 검찰이 일 좀 하는 것처럼 보였다.

반대라면 어떻게든 그들을 피했다. 은폐나 축소가 그것이다. 기사화 되지 않아야 하는 것이다.

기자를 다루는 법.

선배 검사들은 그걸 강조했다. 기자를 다루는 것도 업무의 일환이라고 했다. 실제로 어떤 지청에서는 언론 전담 검사가 있었다. 정식 직함이 아니기에 대개 마당발이거나 언론에 인맥이 넓은 검사를 내세웠다. 인터넷 시대가 되면서는 이게 더욱 중요한 일이 되어버렸다.

송승우.

외부 인간관계(?)는 최소한 김혁보다 나았다. 충실한 빠라들이 곳곳에 포진해 있기 때문이다. 그러니 그 방면으로는 다른 어떤 검사에도 꿀리지 않았다.

지청에 출입하는 기자들. 신문 방송사에서 끗발 있는 잘나가는 기자들이 아니다. 끗발이 있으면 좀 더 격이 높은 부처나 기관을 들락거린다. 예를 들면 파란 집 같은 곳 말이다.

이런 기자들에겐 뭐가 필요할까?

위로가 필요하다.

위로에는 뭐가 좋을까?

두 가지가 있다.

술, 그리고 머니.

여자는 절대 아니다. 기자 중에는 여기자도 많기 때문이다.

접대 하면 또 송승우의 주특기가 아닌가? 지청에 단골로 들어오는 기자는 대여섯 명. 그들 중 남자 기자의 절반 이상은 승우와 날밤을 까며 술을 마신 적이 있다. 솔직히 말하면 술집 사장을 쪼아 두 인간에게 2차까지도 안겨주었다. 승우가 누리는 향응의 우산을 공유한 것이다.

처음에는 손사래를 치던 인간들. 아침에 보니 눈도 풀어지고 다리도 풀어져 있었다. 밤새 누린 모양이다. 한마디로 가증스럽기 그지없었다. 그런 관계이다 보니 기자들 구워삶은 건 일도 아닌 승우. 별다른 생각 없이 기자실 문을 열었다.

"……!"

응?

풍경이 달랐다. 늘 보던 얼굴들이 아니었다. 오죽하면 다른 방에 잘못 왔나 싶은 생각까지 들었다.

착각은 아니었다. 사건의 중대성에 비추어 조금 나가는 기자들이 붙어온 것이다. 모든 분야가 이렇다. 하던 대로 하면 되지, 조금 높은 놈들이 오면 뭐가 달라지냔 말이다. 그럴 거면 처음부터 제 놈들이 출입하든가.

"새로운 단서 좀 나왔습니까?"

처음 보는 기자가 발표를 재촉했다. 척 보니 적어도 차장이다. 언론 밥 10년은 족히 먹은 내공이 우러나왔다.

"수사 과정은 여기 자세히 기록해 놓았으니 참고하시죠."

승우는 조 검사와 함께 준비한 자료를 배포했다.

"이건 별다른 게 없지 않습니까? 그저 검사들 이름이 몇 명 더 추가되었을 뿐."

"그러게요. 아직 범인 윤곽도 못 잡은 겁니까?"

"미얀마 모자는 왜 한국에 들어온 겁니까?"

원래 드나들던 출입기자들을 따라온 고참, 아니면 차장급 기자들. 딴에는 밥값을 하려는 듯 날 선 질문을 쏟아냈다.

"제목을 보세요. 비공개와 공개는 수사 방향이 완전히 다릅니다."

승우는 정공법으로 맞섰다.

"국민들이 불안에 떠는 사건입니다. 보안입니까, 아니면 단서가 없는 겁니까? 치정인지 원한인지, 아니면 무속인들 간의 갈등인지 정도는 알려줘야지요."

무속인의 갈등?

기자답게 상상은 잘도 했다.

"예리하시군요. 이건 비공식적인 건데……"

승우는 슬쩍 떡밥을 던졌다. 절대 알려줄 수 없는 건데 너희들에게만 공개하겠다는 뉘앙스가 담긴 액션. 이건 한두 번 정도는 먹히는 특급 아이템이다.

"무속적 영적 살인에 대해서 신빙성 있는 제보가 들어와 심층 수사 중입니다. 그러니 잠시만 협조해 주시면 단서가 나오는 대로 실시간 발표하겠습니다."

"수사팀이 제법 보강이 되었군요. 검찰의 꽃으로 불리는 김혁 검사가 포함된 걸 보니."

이번에도 첫 번째 질문을 날린 기자다. 검찰의 꽃? 미간이 일그러졌지만 승우는 바로 표정을 관리했다.

"예, 검찰 체면도 있으니 집중해서 조기 종결할 생각입니다. 이상입니다."

그것으로 대답을 마무리했다.

기자들과는 오래 말을 섞으면 안 된다. 말꼬리 잡는 데 귀신들이기 때문이다. 이 노하우 역시 기자들 입에서 들었다. 친해지면 이렇다. 서로 말해서는 안 될 비밀을 누설하고 만다. 누설하는 비밀이 클수록 결합은 강해진다.

나쁘게 말하면 서로 아킬레스건을 잡게 되는 것이다. 그러면 마음이 편해진다. 막장으로 치달으면 너 죽고 나 죽는 게 가능해지기 때문이다.

공동체 운명!

생각할수록 아름다운 말이다.

승우는 휘파람을 불며 기자실을 나섰다.

승우는 오늘도 한 시간쯤 늦게 퇴근했다. 그 한 시간 동안 각종 조서를 검토했다. 머리가 찌근찌근 아팠다. 하기 싫은 일을 한다는 건 스트레스를 키우는 일이다.

청사를 나오니 두통은 금세 날아갔다. 일단 사우나에서 업무 스트레스를 날리고 조 검사를 만나 향후 수사 계획을 세울 생각이다. 조용한 곳에서 말이다.

회의실 제공과 반주 협찬, 활력 고양 서비스는 조 검사에게 일임했다. 어느새 조 검사도 몇몇 빠라를 달고 다닐 정도로 내공을 쌓았다. 그러니 좋은 선배가 되려면 후배들의 능력 배양에도 일조해야 한다.

'종로에도 죽이는 술집이 있단 말이지?'

협찬 주종(酒種)과 아가씨에 대한 정보를 이미지로 받은 승우는 사뭇 흐뭇했다. 사진으로 보는 아가씨는 어제 놓친 고기보다 나았다. 이런 맛에 후진을 양성하는 거 아닌가?

그런데 얼마쯤 가다가 뭔가 이상한 점을 발견했다. 백미러에 두 대의 차량이 따라붙어 있다. 기자들이다.

'아, 저 인간들 진짜……'

좋게 보면 훌륭한 직업정신, 그러나 나쁘게 보면 천박한 진드기 정신에 다름 아니다. 왜 남의 똥구멍에 집착하는가? 수사가 진전되면 알려주겠다고 약속까지 한 마당에.

'미치겠네.'

결국 핸들을 꺾었다.

사건 현장 쪽으로.

"……?"

그런데 그게 무의식중에 결정된 일이다. 승우가 원한 게 아니라 뭔가가 끌어당긴 느낌이다. 아무튼 나쁘지 않았다. 현장을 체크하는 열혈 검사. 완벽한 선택이었다.

"송 검사님!"

재차 현장 조사를 나온 권오길이 승우를 돌아보았다.

"현장 보존은 잘되고 있지?"

그러면서 슬쩍 골목 쪽을 쳐다보는 승우. 기자들의 차량은 저만치 뒤에 멈춰 있다.

"하인(何人)을 막론하고 접근 금지시켜!"

승우는 현장 보존을 맡고 있는 경찰에게 거듭 지시를 날렸다.

"뭐 나온 거 있어?"

"지문이 몇 개 더 나왔습니다."

지문.

자꾸만 단서가 쏟아진다.

일이 많아진다는 얘기다. 이강순은 무당. 아무리 인기가 없다고 해도 직업으로 보아 드나들었을 사람이 한둘이 아닌 것은 뻔한 일. 이미 검출한 지문 검사에서는 두 명만 수사선상에 올렸다. 죽은 사람의 신어머니와 마지막 손님. 신어머니는 잠시 들러 안부만 전하고 나왔고, 마지막 손님은 부적을 찾으러 간 거였단다. 둘 다 고령의 할머니. 걸을 힘도 모자란데 머리통을 눌러 뇌를 짜낼 리 없다. 그러니 범인일 확률은 거의 없었다.

설렁설렁 현장을 돌아보는데 뒤통수가 따가운 느낌이 들었다. 그러자 권오길이 욕설을 날려 왔다.

"아, 저 새끼들, 망원경까지 가지고 와서……."

승우도 고개를 돌렸다. 기자들이다. 차 앞에 나와 망원경으로 지켜보는 모습이 보였다. 마음 같아서는 Fuck You를 날려주고 싶었지만 참았다. 자칫 사진이라도 찍히면 난감했다.

별수 없이 일하는 흉내를 내야 했다. 승우는 코를 틀어막은 채 현장 문을 열었다. 다시는 오고 싶은 않던 곳. 생각만 해도 내장에서 롤러코스트가 시작되는 곳.

"우웩!"

아직도 체액 덩어리의 혈흔이 고스란히 남은 곳을 보자 비위가 오토매틱으로 반응했다.

'미치겠네.'

승우는 화장실로 뛰었다.

화장실, 그 앞에는 출입금지 라인이 버티고 있었다. 검사 된 입장에 그걸 뜯어버릴 수는 없었다. 승우는 얼른 마당으로 방향을 틀었다.

"욱!"

작은 화단에 대고 내부의 것을 쏟아놓았다. 먹은 것도 변변치 않은데 많이도 나왔다. 서너 번 헛구역질을 마치자 속이 좀 진정되었다. 그사이에 밖에는 어둠이 내렸다.

속이 달래지자 이번에는 요의가 느껴졌다. 이미 깜깜해진 주변, 담장 아래에 낡은 양동이가 보였다. 아무 데나 갈기는 것보다는 나을 것 같았다.

그런데,

"……?"

소변이 나오지 않았다. 그 시작은 방광을 지나 요도 끝까지 내려온 거 같은데 마지막 발사가 되지 않았다. 마치 누가 요도를 움켜쥐고 있는 것처럼.

'이게 왜 이래?'

이 고통을 누가 알까? 오줌이 호스 끝까지 다 내려왔는데 마지막 관문에서 아우성을 치는 통증. 이 또한 지상의 속된 고통을 짜릿하게 경험하는 것에 다름 아니었다.

"으으으!"

양동이 따위가 거부권이라도 행사하는 걸까? 네가 뭔데? 나 대한민국 검사야. 엉거주춤 양동이를 집어 들고 패대기를 치려 할 때였다. 양동이에서 돌연 빨간 느낌이 전해왔다.

빨강?

피?

단 한 단어. 그러면서도 완전치는 않은 느낌. 그게 신기하게도 오감을 따고 들어왔다.

"권 수사관!"

승우는 안쪽을 향해 빼액 소리쳤다.

"피요?"

어슬렁어슬렁 걸어 나온 권오길이 양동이를 바라보았다.

"그렇다니까."

"내 눈에는 말라붙은 먼지하고 흙밖에 안 보이는데요?"

권오길은 고개를 갸웃거렸다. 송승우, 대한민국에서는 그 존재 가치가 좀 먹히는 검사지만, 그렇다고 마법사나 초능력자는 아니었다. 그런데 이 바짝 말라붙은 양동이에 무슨 피가 있다고 우긴단 말인가?

"감식반원 불러."

"예?"

"부르라고. 검사해 보면 알 거 아냐."

어차피 벌린 입, 승우는 이제 오기가 반이었다.

"술 아직도 안 깼어요? 밖에 기자들도 있는데 웃음거리 되려고 이럽니까?"

"누가 검사야? 내가 부를 테니까 다른 조사나 해."

승우는 몸소 전화기를 꺼내 들었다.

감식반원은 한 시간이 지나서야 달려왔다. 얼굴에 주름을 꾸깃꾸깃 구겨 모은 채.

"피요?"

그들의 반응도 권오길과 그리 다르지 않았다.

"그냥 좀 까라면 까!"

승우는 결국 막말을 뱉어냈다.

"예에!"

양동이를 집어 든 감식반원은 뒷말을 길게 끌며 루미놀을 꺼냈다. 못마땅하다는 그들만의 항변이다.

치익치익!

루미놀이 뿜어졌다. 과거부터 현재까지 수사 현장에서 수도 없이 사용된 루미놀. 검찰이나 경찰의 입장에서 볼 때는 정말 신통방통한 놈이 아닐 수 없었다.

"보시다시피 아무 반응도 없습니다."

반응 시간이 되자 감식반원이 보란 듯이 말했다.

"그렇다니까요."

권오길도 심정적으로 감식반원들 편을 들었다.

"아니, 수사상 한번 해볼 수도 있지, 뭐가 불만이야? 언제는 우리가 모든 범인을 한 방에 잡았어? 수사하다 보면 시행착오도 있는 거지!"

승우는 신분을 방패 삼아 목청을 높였다. 잠깐 기가 살았던 감식반원과 권오길은 깨갱 꼬리를 내렸다. 말은 청산유수라 틀린 말이 아니기 때문이다.

"가봐. 수고했어."

승우는 감식반원과 권오길을 돌려세웠다. 그런 다음 양동이를 바라보았다. 진짜 술이 덜 깬 걸까? 어째서 그런 착각이 들었던 걸까? 짜증이 슬금슬금 피어올라 양동이를 패대기치고 싶은 마음뿐이다.

'윽!'

막 양동이를 집어 들던 승우는 깜짝 놀라 양동이를 떨어뜨리고 말았다.

"으악!"

동시에 몸을 날려 양동이를 받아내는 승우.

"권 수사관! 이것 좀 보라고! 피가 맞잖아?"

승우가 소리쳤다.

"이제 좀 그만하시죠."

권오길이 저만치에서 고개를 저었다.

"피가 맞다니까!"

"검사님!"

"진짜라니까! 봐, 이래도 아니야?"

승우는 양동이의 손잡이를 잡고 흔들었다. 둘레의 마감 자리에서 형광의 푸른빛이 아른거렸다. 꼭대기에 양은을 감아 안으로 부드럽게 마감한 곳. 그 안쪽 둘레를 따라 미세하게 아른거리는 형광 빛. 루미놀과 반응한 혈흔이었다.

"울라? 진짜 피 맞는데요?"

다시 불러온 감식반원의 얼굴도 냉소가 서리던 아까와 달리 판이하게 변했다.

"그런데 아까는 왜?"

권오길이 물었다.

"드물게 좀 늦게 반응하는 경우도 있습니다. 검사님이 중요한 걸 찾았군요."

감식반원의 얼굴에는 존경심이 엿보였다.

"증거로 채취해!"

승우의 목소리에 힘이 팍 들어갔다.

감식반원은 혈흔 채취용 면봉을 꺼내 발색 부위를 조심스레 닦아냈다. 육안으로는 도저히 찾아낼 수 없을 정도로 미량의 혈흔. 그러나 혈흔임을 알아낸 이상 문제 될 건 없었다. 바로 PCR 증폭이 있기 때문이다.

PCR!

미량의 DNA를 10억 배 이상 증폭.

전혀 의도하지는 않았지만 승우가 한 건을 올리는 순간이었다.

4장
결정적 참고인

운이 좋았다.

기분도 좋았다.

일하는 표시를 내기 위해 오 부장에게 바로 보고했다.

목에 힘을 콱 주고 말이다.

"이야, 역시 우리 송 검사가 한 방이 있다니까."

폭풍 칭찬이 쏟아졌다.

빈말인 줄은 알고 있다. 그래도 기분은 나쁘지 않았다.

미얀마 모자 발견!

양동이의 혈흔 발견!

이강순의 미얀마 입국 사실 확인!

다 누구 머리에서 나온 건가? 바로 승우의 머리가 출처였다.

이강순!

그는 마치 승우 편이라도 된 것처럼 딱 7년 반 전에 동남아 순례를 했다. 전몰자 22만 명이 나온 오키나와의 대표적 항전지 해군사령부호와 현대전사에서도 유례가 드문 참상의 현장 캄보디아의 킬링필드, 이어 베트남의 동족상잔 격전지 등을 답사하며 음기와 원혼들의 힘을 탐색했다.

미얀마는 태국과 라오스를 거친 입국 경로였다. 출입국 기록을 보니 총 석 달 하고도 6일의 여정이었다. 미얀마에서는 보름이었다.

승우는 너무너무 느긋해졌다. 이 정도 성과라면 며칠은 탱탱 놀아도 될 것 같았다. 그러다 보면 김혁이 합류할 것이다. 뒤 청소는 그에게 떠맡기면 그만이다.

그러니 이제는 축배 타임이었다.

"선배님!"

조기호는 협찬자 소유의 숍 앞에 있었다. 오는 길에 문자를 때려줬더니 그도 싱글벙글했다.

"감축드립니다."

조기호, 승우의 후계자 자격이 있었다. 이대로만 나가면 언젠가 승우가 지검을 뜰 때 족보 상속 1순위가 분명했다. 여기서 말하는 족보는 빠라끌리또, 즉 '빠라'들의 명단이다. 물론 김혁 같은 검사는 줘도 안 받을 족보지만.

"뭐 그 정도쯤이야. 사실 내가 한번 발동 걸리면 김혁도 문제없지."

"하긴 선배님도 머리 하나는 팡팡 도시지 않습니까?"

돌지!

그게 주색잡기나 주지육림형 잔머리라서 그렇지.

"여기야?"

"겉보기는 이래도 안은 빵빵합니다. 뿐만 아니라……."

조 검사는 승우의 귀에다 천국의 속삭임을 날려주었다.

"아가씨들이 말이죠, 완전 걸그룹 뺄입니다. 게다가 제 말 한마디면……."

"어이, 조 검사."

꿈결 같은 보고를 듣던 승우가 정색을 하며 조 검사를 노려보았다.

"마음에 안 드십니까? 그럼 다른 데로……."

"그게 아니고 이런 데 개척했으면 진작 나한테 보고했어야지."

"죄송합니다. 제가 안전도 인증 검사를 하느라고……."

"그래? 아무튼 대단해."

"들어가시죠. 아가씨들도 비상 대기 중이랍니다."

"오케이!"

협찬은 시쳇말로 기똥찼다.

고급 술집이면서 표시 나지 않는 영업 행태. 말하자면 VVIP 멤버십이라는 뜻. 다시 말하자면 절대 비밀 엄금이라는 뜻이었다.

들어가는 입구에는 쥐새끼 한 마리도 없었다. VVIP들은 비밀이 많다. 얼굴 팔리는 걸 꺼리는 사람도 많다. 그것까지 배려하고 있으니 진정 갑의 서비스였다.

아가씨들이 들어왔다.

여대생인 줄 알았다. 술집여자 뽈이 하나도 나지 않았다. 안주도 고급 한정식 집처럼 정갈했다. 가격은 보지 않았다. 어차피 오늘 밤은 조 검사의 얼굴이 책임질 테니까.

"드시죠."

조 검사의 빠라가 간단한 인사 후에 퇴장하자 조 검사가 잔을 들었다.

"그럼 오늘 한번 달려볼까?"

"그러시죠. 간만에 존경하는 선배님하고 오붓한 자리가 되었으니……."

"나한테는 꼼수 쓰지 말라고."

"여부가 있습니까? 노하우 만랩이신 선배님께 어찌 감

히……."

조 검사, 진짜 많이 컸다. 승우의 눈치나 보던 전과는 많이
달랐다. 이래서 인간은 독립이 필요한 모양이다. 승우의 그늘
에서 벗어나 독립을 하니 이토록 의연하지 않은가?

술병이 비어나갔다.

여자들의 몸에 스킨십이 작렬하는 회수도, 농도도 진해져
갔다.

"어나더 라운드 가실까요?"

승우의 알코올 상태를 확인한 조 검사가 슬쩍 하명을 여쭤
왔다.

"좋지. 술이야 많이 마셔봤자 몸만 버리고."

사실 그건 아니었다. 오크통 속에서 짜릿하게 숙성된 양주
가 좍좍 당기는 판이다. 사건이 잘 굴러가고 있으니 어찌 안
그럴까? 더구나 국민적 관심으로 부각된 사건이다. 해결만 하
면 당분간은 지검장이나 오 부장의 핀잔 같은 것에서 해방을
구가할 판이다.

그러나 오늘의 주관자는 조 검사. 선배로서 존경 받으려면
아랫것들의 자존심도 살려줄 필요가 있었다.

"가서 준비하고 여기 계산서 넣어달라고 해요."

해요!

마지막 정리에서 존댓말이 나왔다. 그건 승우가 가르친 것

이다. 검사는 양아치가 아니다. 그러니 마지막이 아름다워야
했다.

빠라가 들어와 극구 계산을 사양했다. 조 검사는 화를 내
다시피 하며 계산을 했다.

승우는 어두운 밖에 있었다. 시계를 보니 자정이 가까웠다.
"계산 끝났어?"

승우는 곧이어 나온 조 검사에게 물었다.

"그럼요. 이거 대리비하라고 주던데 선배님이 넣어두십시
오."

조 검사가 봉투를 내밀었다.

"에이, 조 검사 준 걸 내가 왜?"

"넣어두세요. 아침에 아가씨 택시비도 주셔야 할 테고……."

"그럼 이번 한 번만……."

승우는 못 이기는 척 봉투를 받았다.

'300만 원!'

승우는 촉감만으로도 내용물을 맞혔다. 제법 기특한 빠라
였다.

흐뭇한 마음으로 조금 떨어진 모텔에 들어섰다. 승우의 세
단은 거기 주차장에 먼저 와 있었다. 빠라의 눈치 빠른 조치
였다.

끼익!

기대감에 젖어 모텔 문을 열었다.

아가씨 역시 벌써 도착해 있었다.

"술 한잔 더 마시고 잘까, 아니면 그냥 잘까?"

문을 잠그며 승우가 물었다.

"저기……."

아가씨가 조심스럽게 입을 열었다.

"왜?"

건성으로 대꾸하며 승우는 아가씨의 상의 단추를 풀었다.

"죄송하지만 오늘이 그날이라……."

"뭐?"

"죄송해요."

"다시 말해봐. 오늘이 무슨 날이라고?"

"마법의 날이요. 원래는 모레가 예정인데 갑자기……."

휘익!

승우의 손이 허공을 휘젓다가 아가씨 코앞에서 멈췄다. 놀
란 아가씨가 얼굴을 감싸며 휘청 물러섰다.

"너 지금 나랑 장난하냐? 그럼 아까 진작 말을 했어야지?"

"죄송해요. 원래 규칙적이었는데 갑자기……."

"이런 거지 같은 게!"

"까약!"

승우의 손이 다시 올라가자 아가씨는 지레 겁을 먹고 주저

앉았다.

순간,

데엥!

모텔 벽의 시계가 울리기 시작했다. 큰 소리는 아니지만 승우의 귀에는 또렷이 들렸다.

그리고,

데엥!

마지막 열두 번째 소리가 울리는 것과 동시에 승우는 또다시 내장의 롤러코스트를 느껴야 했다.

"욱!"

목욕탕으로 달려갔다. 배가 온갖 각도로 꿀렁거렸지만 오바이트는 나오지 않았다. 안 나오니 더 미칠 지경이다. 하는 수 없이 목구멍에 손가락을 넣었다. 그래도 나오는 게 없었다.

딸깍!

욕실에서 나오자 아가씨는 보이지 않았다. 그 틈에 튀어버린 모양이다. 헛구역질만 잔뜩 남발한 승우. 그새 진이 빠져버려 침대에 뻗어버렸다. 맥이 탁 풀어지니 여자 생각이 싹 달아났다.

피곤했다.

진심으로 피곤했다.

스르르 눈이 저절로 감겼다.

노곤하게 늘어지는 육체. 잠이 이토록 당기기는 처음이다.

그런데 막 눈을 감고 잠의 파도에 몸을 실으려는 순간,

우어엉!

생경한 환청이 들려왔다.

"……?"

후우웅!

'어제 그 소리?'

잠시 잊고 있던 승우, 머리털이 삐죽 솟으며 벌떡 일어났다.

'아니겠지.'

고개를 저으며 다시 자리에 누웠다. 사방에서는 아무 소리도 들리지 않았다. 그래서 얌전히 눈을 감았다.

에헤헤!

꾸우우!

"……?"

들렸다. 어제와 똑같이 섬뜩한 몸서리를 안겨주는 기괴망측한 소리. 그 소리가 뼈마디를 후비고 들어왔다. 칼로 뼈를 박박 긁어내듯 말이다.

박박박!

그것으로 잠은 물 건너가 버렸다.

우에에!

끼이이!

기이한 소리와 함께 착시처럼 보이는 싸한 빛 무리. 눈을 감으면 머리와 귀를 따고 들어오고, 뜨면 잔상으로 남아 등뼈를 훑어 내리는 소리.

승우가 눈을 떴을 때는 또 아침이었다. 그냥 아침이 아니었다. 무려 오전 열 시였다. 전화는 오늘도 열 통이 넘게 와 있었다.

'미치겠군.'

그럼에도 불구하고 핏발이 곤두선 토끼눈으로 일어난 승우. 이틀 거푸 이런 일을 겪고 나니 뇌가 따로 놀며 흔들리는 것 같았다.

'박수무당 귀신이라도 붙었나?'

승우는 퀭하게 변한 얼굴을 거울에 비추며 면피 전략에 골몰했다.

오늘은 또 어떻게 이 위기를 넘긴단 말인가?

'과로로 병원에서 영양제를 맞고 왔다.'

승우는 그 핑계로 오 부장의 레이저 시선을 벗어났다.

'아프다는 데야 어쩔 거야?'

뻔뻔하게 굴며 부장실을 나왔지만 그 앞에 차도형이 버티고 있었다.

"왜?"

"모텔 주인 좀 만나봐야 합니다. 어떤 경로로 미얀마 모자가 투숙했는지."

"미얀마 모자?"

"한국에 첫 입국이던데 호텔이 아니고 모텔이었잖습니까?"

"같이 가자고?"

"한번 보시긴 해야죠."

"알았어."

승우는 바로 감을 잡았다. 외국 여행을 하는 사람이라면 대개 호텔에 묵게 된다. 그런데 모텔이었다. 처음 한국에 온 여자가 선택하기 쉽지 않은 일이다. 그러니 소개해 준 사람이 있을지도 몰랐다. 개인적으로는 지각을 한 상황, 차마 거절하지 못하고 차도형의 차에 올랐다.

"투숙 경로요?"

모텔 주인은 하품을 쩍쩍 해대며 되물었다.

"외국인 아닙니까? 여길 어떻게 알고 투숙했느냐 이겁니다. 이 모텔이 미얀마 여행객 유치하려고 사이트에 올린 건 아닐 테고."

차도형이 물었다.

"그게… 전화가 왔었어요."

"전화?"

차도형 뒤에 서 있던 승우가 앞으로 나왔다.

"아마 외국인 같던데… 한국어 억양이 조금 어색했거든요."

"뭐라고?"

승우는 혀 잘린 반말로 물었다. 포스를 짐작한 모텔 주인은 슬쩍 기분 나쁘다는 눈짓을 보이더니 다시 말을 이었다.

"외국인 모자가 갈 건데, 며칠 묵으면 좀 깎아줄 수 있냐고요. 그래서 그러자고 했더니 바로 그 사람들이 도착했습니다."

"바로라면 얼마를 말하는 거죠?"

"그게 한 5분에서 10분?"

"누가 따라온 건 아니고?"

다시 끼어드는 승우.

"아뇨. 외국인이라기에 한국말 못할까 봐 걱정했는데 다행히 잘하더라고요. 꼬마도 그렇고."

"한국말을 잘했다고?"

"조금 서툴긴 하지만 의사 표현에 아무 문제가 없었어요."

"전화 건 사람은 누군지 모르고? 남자야, 여자야?"

"거 한 번에 한 가지씩만 물어봅시다."

모텔 주인은 결국 불쾌감을 드러냈다.

"이게 지금 보통 사건인 줄 알아? 당신도 소환해 줄까?"

착하지 않은 승우가 질 리 없다. 바로 전가의 보도를 꺼내 휘둘렀다.

"아, 지금 잘 협조하시는데 왜 이러십니까? 제가 진술 들을 테니 좀 물러나 계십시오."

차도형이 나서서 승우를 진정시켰다.

"계속하시죠. 아까 통화하고 곧 손님이 도착했다고 했죠?"

"예. 오래 걸리지 않았어요."

"전화 건 사람 성별은요?"

"여자였어요. 목소리로는 한 20대?"

"이 근처 식당이나 가내공장 같은 데서 일하는 미얀마 여자는 없습니까? 전후 사정으로 봐서는 5분 안팎 거리에 있을 거 같은데……."

"뭐, 그거야 나도 모르죠. 요즘 여기저기 발에 차이는 게 외국 사람들이니."

"미얀마 모자가 있는 동안 누가 찾아오거나 하지는 않았습니까?"

"내가 알기로는 없었습니다."

"식사는 어떻게 해결하던가요?"

"때가 되면 나가기는 하는 것 같던데 자세한 거야 내가 모르죠."

"좋습니다. 마지막으로 특이점 같은 거 있으면 좀 알려주세요. 행동이나 뭐……."

"그거만 말해주면 우리 방 접근 금지 풀어주고 다시는 안 올 건가요?"

"일단 말부터 해보세요."

"에이, 진짜 장사도 잘 안 되는데······."

주인은 주전자의 물을 한 모금 마시더니 말을 이어갔다.

"여자가 안 들어오기 시작한 전날이죠. 자정 무렵에 그 옆방에서 시간 손님이 나가는 바람에 우연히 보게 된 일인데······."

자정 무렵 이상한 소리가 들렸단다. 주술 같기도 하고 주문 같기도 했단다. 힐금 보니 방 안에서 눈 시린 빛이 터져 나왔단다. 흡사 겨울 보름달이 방으로 들어간 것 같았단다. 혹시나 안에서 무슨 일이 벌어지나 싶어 손잡이를 잡은 주인. 마침 문은 잠겨 있지도 않았단다.

뮤뮤는 그 저울을 앞에 두고 있었다고 한다. 코끼리 저울추가 양쪽 접시 위에서 균형을 잡고 있고 빛이 월하의 공동묘지 느낌이라 똑바로 보지는 못했단다. 뮤뮤도 흡사 넋처럼 보였다고 한다. 방해해서는 안 될 것 같은 마음에 가만히 문을 닫았단다.

"그게 다야?"

성미 급한 승우가 끼어들었다.

"예."

"저울을 쓰고 있었다?"

"뭔지 모르지만 굉장히 진지해 보였어요. 저승처럼 보이기도 하고⋯ 주문 외우는 소리 하며 여자를 물들인 시린 달빛 하며⋯ 입술에 피만 바르면 바로 구미호 버전이었다니까요."

"여자 혼자?"

"예. 아이는 없었습니다."

"더 없어?"

"때려 죽여도 없습니다. 그러니 수사 좀 끝내주세요."

주인이 재촉했다.

"고려는 해보지."

승우는 칼자루를 쉽사리 놓지 않았다. 모텔 주인에게 갑의 자리를 넘길 승우가 아니었다.

"그만 가시죠. 협조해 주셔서 고맙습니다."

차도형이 나서서 상황을 정리했다. 오래 두면 일 터질 확률 이 높았다. 승우와 한두 번 일해 본 차도형이 아니기 때문이 다.

"그리고 이건 확실치 않아서 말 안 했는데⋯ 그때 전등은 안 켜져 있는 거 같았습니다. 나도 아리송한 일이니까 믿든지 말든지 알아서 하쇼."

돌아서는 승우의 등짝으로 주인의 말이 날아들었다.

"불이 안 켜져 있었다고요?"

차도형이 다시 물었다.

"예."

"자정 무렵이었다면서요?"

"예."

"방이 눈 시리도록 환했다면서요?"

"예."

"당신 시력이 몇이야? 제대로 본 거야?"

승우가 또 끼어들었다.

"아, 진짜 혀가 댕강 부러졌나? 나이 먹고 모텔이나 운영하고 있지만 시력은 2.0이외다."

인간은 감정의 동물, 주인은 결국 나이대접을 하라는 티를 내고 말았다.

"저 인간 소환해."

그렇잖아도 심기가 불편하던 승우는 끝내 인내심의 바닥을 드러냈다.

"예?"

"당장 소환하라고. 지검에 데려가서 미얀마 모자가 있는 동안에 딴짓은 안 했는지, 모텔 영업에 불법은 없는지, 미성년자 혼숙이나 성 매매 장소로 시간 대여했는지 전부 까봐."

송승우!

한번 뱉은 말은 책임진다. 그렇게 해서 죽인 기업인도 많았다. 사회지도층도 여럿 있다.

심기를 건드린 인간은 괘씸죄로 엮는다.

그건 인간 송승우의 스페셜한 좌우명이었다.

승우를 먼저 보낸 차도형은 모텔 반경의 10분 거리에 있는
식당과 가내공업을 훑었다. 그러면서 놀랐다. 식당의 90% 이
상에 중국 동포나 중국인들이 일하고 있지 않은가? 우리 주변
에는 생각보다 많은 외국인이 들어와 있었다.

"미얀마 여자요?"

식당 주인들은 고개를 갸웃거렸다. 우선 사진이 낡았다. 뮤
뮤의 사진은 출입국관리소에서 따왔다. 여권에 붙은 사진이
다. 카메라 탓일까? 민민의 사진도 선명치 않기는 마찬가지였
다.

"미얀마 모자라… 글쎄요?"

한 군데, 두 군데, 세 군데…….

성과가 없으면 다음에 이어지는 건 짜증과 부정이다.

'저기도 없겠지?'

괜히 지레짐작하는 것이다.

〈급 아줌마 구함〉

몇 군데 더 거치고 나오는데 구인 문구가 보였다.

남원집. 대구 뽈찜을 하는 작은 대포집이었다.

'이런 데는 진짜 패스…….'

하고 지나치는데 밖에 내둔 테이블에서 낯선 문자가 보였다.

동그라미가 수없이 굴러가는 문자.

아무래도 미얀마 문자 같았다.

드르륵!

낡은 문을 열자 대구를 손질하던 60대 여주인이 돌아보았다. 식당 안의 테이블은 고작 네 개뿐이었다.

"아직 영업 안 해요."

여주인은 퉁명스러웠다.

"술 마시러 온 거 아닙니다."

차도형은 신분증을 꺼내 보였다.

"에구머니, 검찰수사관요?"

여주인은 앉은 자리에서 눈부터 찡그렸다.

"왜요? 죄 지은 거 있으시군요?"

차도형은 빙그레 웃으며 낡은 의자에 앉았다. 서울 시내에 이런 술집이 있다니 조금은 신기하기도 했다.

"검찰이 왜요?"

여주인이 눈치를 보며 물었다.

"여기 미얀마 사람 있지요?"

"예?"

여주인의 목소리가 갈라졌다. 있다는 반증이다.

"뭐 하나 물어보려고 그러니까 좀 불러주세요."

"표표는 없는데……."

"표표요?"

"왜요? 걔가 뭐 잘못했어요?"

"혹시 이 사람들 여기 왔었나요?"

여주인의 반응이 심상치 않자 차도형은 뮤뮤 모자의 사진을 꺼내 보였다.

"에구머니!"

여주인이 몸을 바짝 움츠렸다.

"왔었군요?"

"오기는……."

"사장님 잡아가려는 거 아니니까 빨리 미얀마 여자 부르세요. 어서요."

"그게… 없다니까요."

"아, 진짜 이렇게 나올 겁니까? 그럼 사장님도 연행할 겁니다."

슬쩍 으름장을 놓는 차도형. 나이 먹은 세대에게는 이런 게 잘 먹히는 편이다.

"그래도 없어요. 표표는 아침에 공항으로 갔어요. 미얀마 들어간다고."

"예?"

"그 여자하고 아이… 여기 와서 가끔 밥 먹었어요. 그것뿐이라고요."

"친구였군요?"

"친구가 아니고 표표 주인이라고……."

"예?"

"주인이라니까요. 마치 하인이 주인을 대하듯 깍듯……."

"진짜입니까?"

"아, 아무튼 난 몰라요. 표표도 그만두고 갔고, 그 모자는 여기서 밥 몇 번 먹은 죄밖에 없으니까 마음대로 하세요."

"여자, 몇 시에 나갔어요?"

"그러니까 아침 밥 먹고 짐 싸고… 열 시쯤?"

차도형은 재빨리 시계를 보았다. 시간은 오후 두 시에 가까워지고 있었다.

'이런 젠장!'

차도형은 서둘러 전화기를 꺼내 들었다.

그 시간 승우는 그새 사우나에서 지친 몸을 달래고 있었다.

몸뚱이 하나는 젊은 승우였지만 수면 부족의 피로는 여간해서 사라지지 않았다. 그렇다고 사무실에서 그 피로를 달랠 수는 없었다. 온갖 데서 걸려오는 제보와 신고 전화 때문이다. 지검의 홈페이지도 난리 북새통을 이루었다.

심령 살인!

영적 살인!

좀비 살인!

마귀 재림!

온갖 추측과 논리가 이어졌다. 실제로 조선시대에도 그런 일이 있었다느니, 혹은 미국이나 아프리카에서 2년 전에 발생한 비밀 사건과 거의 똑같다느니 하는 글까지 폭주했다. 공개 수사의 단점. 그러나 승우는 크게 신경 쓰지 않았다. 그런 건 아랫것들이 처리하면 될 일이다.

'일단 사무실 잠깐 들어가서 상황 정리하고, 보고서 대충 한 장 올리고, 조용한 데 가서 양주 일 병으로 입가심만 하고 일찍 쉬자.'

거듭 설친 잠.

오늘은 만사 제치고 잠을 충전해야 할 것 같았다. 덕분에 모처럼 모범적인 인간형에 속하는 계획표였다.

하지만 전화기를 확인하는 순간 눈자위가 일그러졌다. 차도형에게 온 폭풍 부재중 전화 때문이다.

'아, 그저 매사 입에다 떠 넣어줘야 하나.'

승우는 짜증을 폭발시키며 전화를 걸었다.

"또 왜?"

─아, 왜 전화를 안 받으시는 겁니까? 또 영양제 맞습니까?

"내가 전화 마케터야? 업무에 열중하다 보면 못 받을 수도 있지."

—어디세요?

"그걸 왜 말해야 하는데?"

—빨리 말하세요. 모자와 연결 역할을 하던 미얀마 여자가 갑자기 출국한다고 떠났답니다.

"뭐야?"

—오전에 나갔다는데 가는 시간하고 입국 수속 시간까지 더하면 아직 공항에 머물고 있을 가능성이 있습니다. 빨리 조치 취하고 공항으로 가주세요.

"그러는 차 수사관은?"

—저도 출발했습니다. 이쪽 교통 사정이 어떨지 모르니 검사님도 빨리 출발하세요.

"알았어. 신상 털었으면 하나 넣어줘."

—서두르세요. 일분일초가 아깝…….

차도형의 말이 끝나기도 전에 승우는 전화를 끊어버렸다.

"미친… 바쁘다면서 웬 사설이 그렇게 길어?"

승우는 경광등을 작동시켰다.

그걸 차머리에 붙였다.

띠뽀띠뽀!

경광등 소리와 함께 질주 본능이 시작되었다. 그런데 고춧가루가 끼었다. 막 시내를 벗어나려는 순간, 백차가 따라붙었다. 차 때문이다. 승우 차는 다른 사람 이름으로 되어 있다. 착실한 빠라가 할부로 새 차를 상납했는데 할부가 끝나지 않았다. 그러니 차적 조회에서 걸릴 수밖에.

"4979, 차 세우십쇼! 경찰입니다!"

헐!

"4979, 차 세우세요!"

"어이, 나 지검 검사야!

승우는 신분증을 꺼내 흔들었다. 하지만 고속 주행 중에, 더구나 경광등 소리와 사이렌 소리가 섞인 통에 그 목소리가 들릴 리 없었다.

"4979!"

"나 검사라고! 주요 혐의자 추적 중이니까 방해 말고 비켜!"

빛나는 신분증을 너무 세게 흔들었다. 승우는 신분증을 놓치고 말았다. 그걸 옆 차가 뭉갰다.

"에이!"

부아가 치민 승우는 액셀러레이터가 부러져라 밟아버렸다.

부아앙!

띠뽀띠뽀!

광란의 추격전이 시작되었다. 나쁘지는 않았다. 경찰차가 요란을 떨어주니 앞쪽 차량들이 한쪽으로 비켜선 것이다. 덕분에 족히 20분은 번 것 같았다.

"거기 서!"

공항 앞에 서자 경찰 셋이 우르르 뛰어나왔다. 승우는 거침 없이 다가가서 그 경찰의 조인트를 까버렸다.

"어이, 귓구멍 처먹었어? 나 검사라고! 주요 범인 검거 중이 라고!"

승우는 길길이 날뛰었다. 그 기세가 만만치 않자 경찰들도 일단 한 걸음 물러섰다.

"그럼 신분증부터 제시하십시오!"

경위가 앞으로 나왔다.

"신분증은 아까 바람에 날려갔잖아?"

"그럼 일단 서로 가셔야겠습니다."

"이것들이 미쳤나? 지금 혐의자가 해외로 도피하고 있다니 까!"

"그럼 출국 금지를 내리면 될 거 아닙니까?"

"아무튼 비켜. 그리고 너희들, 나중에 두고 보자고."

"협조하지 않으면 강제로 연행하겠습니다."

경위가 승우의 앞을 막아섰다.

"연행? 이것들이 정신 나갔나? 주요 혐의자 체포 긴급 출동 몰라?"

"연행해. 음주 측정하고."

경위의 지시를 받은 두 경찰이 승우에게 다가왔다.

"아, 이 또라이 새끼들 진짜!"

광분한 승우가 권총을 꺼내려는 찰나 차도형이 도착했다. 해프닝은 거기서 끝났다. 차도형이 사태를 수습한 것이다.

"그게… 차적 조회를 해도 검찰청 소속이 아니고 신분증도 제시하지 않으니……."

경위는 쓴 입맛을 다셨다.

"죄송합니다. 검사님이 긴급 출동하느라 다른 사람 차량을 끌고 오셔서……."

"뭐가 죄송해? 너희들, 사당서 소속이라고? 어디 나중에 두고 보자."

승우는 설명하는 차도형을 밀치고 안으로 뛰었다.

"아, 진짜… 도와주지는 못할망정."

뒤따라 뛰던 차도형이 짜증을 쏟아냈다.

"경찰 새끼들이 또라이인 걸 보고도 그래? 저것들이 저런 주제에 뭐? 수사권 독립?"

"그러게 왜 차를 검사님 이름으로 등록하지 않은 겁니까? 저번에도 한바탕 사고 치시더니……."

"왜 남의 사생활을 걸고넘어져? 차야 누구 이름이면 어때서? 그게 위법이야?"

"공무에 문제가 되니까 이러는 거 아닙니까?"

"훈계? 언제부터 수사관이 검사보다 위야?"

승우가 소리쳤다.

"다른 날은 몰라도 오늘은 최소한 제가 유리할걸요."

차도형의 말은 사실이었다. 신분증을 잃어버린 승우. 공항에서 앞에 나설 수 없었기 때문이다. 그 역할은 차도형이 맡았다. 신분증의 위력이다.

미얀마행 타이항공.

그러니까 태국 방콕으로 가서 환승하는 여정이다. 덕분에 게이트가 멀었다. 전동차까지 타야 했다. 그나마 공항경찰의 협조로 전동차를 빨리 투입했다.

타이항공은 막 탑승 수속이 진행 중이었다.

"미얀마 여자 출국 금지 통보 온 거 있지?"

승우는 탑승 카운터에 도착하기가 무섭게 여직원을 닦아세웠다.

"그런 거 없는데요?"

"뭐야? 다시 확인해 봐. 무슨 일을 이따위로 하고 있어?"

승우의 기세에 눌린 여직원이 탑승 수속을 늦추고 기록을 확인했다.

"아, 지금 들어오네요."

지금?

승우는 정신이 번쩍 들었다. 뒤돌아보니 탑승 행렬은 많지 않았다. 자칫하면 이미 탑승했을 수도 있었다. 그렇게 되면 도

루아미타불이다. 범죄자도 아닌 사람을 타국 국적의 여객기에 들어가 강제로 연행할 수는 없었다.

"다행히 아직 탑승하지 않았어요."

여직원이 기록을 확인하고 말했다. 승우는 남은 행렬을 쏘아보았다. 한국인 관광객과 백인들, 그리고 흑인이 몇 보였다. 아무리 봐도 미얀마 풍의 여자는 없었다.

"다시 확인해 봐. 이미 탄 거 아니야?"

승우가 여직원을 족쳤다.

"아니라니까요."

"그럼 어떻게 된 거야?"

승우는 차도형을 바라보았다. 그때였다. 저만치 화장실에서 왜소한 여자가 나왔다. 155센티미터쯤 되는 여자. 그러면서 군살이라고는 단 한 점도 없는 여자. 그녀가 바로 표표였다.

"표표?"

성큼 다가선 승우가 물었다.

"네?"

"한국말 할 줄 알아?"

"그런데요?"

표표는 불안한 듯 뒷걸음질을 쳤다.

"한국 검찰이야. 검사!"

"검사?"

"검사 몰라? 폴리스보다 높은 검사."

핏대를 올리는 승우 옆에서 차도형이 신분증을 꺼내 보였다.

"검찰입니다. 조사할 게 있으니 협조해 주시기 바랍니다."

"뮤뮤 알지? 밍밍하고. 아, 민민인가? 아무튼 참고인 조사 좀 해야 하니까 같이 좀 가주셔야겠어!"

승우는 차도형을 밀어내며 목소리를 높였다. 승우의 입에서 뮤뮤라는 이름이 나오자 표표는 그 자리에 쓰러지고 말았다.

5장
숭고한 충성

표표를 데려오면서 수사에 불이 붙었다.

때를 맞춰 양동이에서 수거한 DNA 결과도 나왔다. 나아가 뼛조각과 머리카락도 추가로 나왔다. 양동이의 안쪽으로 말린 부분과 밑바닥에서였다.

"여덟 명?"

권오길의 보고를 받은 승우가 고개를 들었다.

여덟 명이란다. 양동이에서 나온 유전자의 주인이 무려 여덟 명.

"그럼 여덟 명의 시체를 찾아야 한다는 거야?"

"그게……"

"아……!"

아까지만 발음하고 뒷말은 목으로 넘겨 버렸다. 아무래도 열여덟 명이 나올 것만 같았다. 승우는 괜한 발견을 한 것 같았다.

"아무래도 그쪽으로 가닥을 잡아야 하지 않겠습니까?"

"그럼 뭐 해, 빨리 조 검사랑 같이 출동해서 마당 까보지 않고."

"검사님이 아니고요?"

"나는 메인이잖아. 여기서 부장님이나 지검장님에게 보고할 것도 많고. 더구나 기자 관리가 얼마나 힘들 줄 알아? 거기다 미얀마 여자도 조사해야 하고……"

"뭐, 어련하시겠습니까?"

"가봐. 결과 나오면 바로 연락 때리고."

"예."

권오길이 나가자 승우는 숨을 돌렸다.

사체 발굴하는 노가다. 그런 건 우아한 승우의 몫이 아니었다.

시계를 보니 퇴근 시간은 이미 두 시간 오버.

'아, 이거 요즘 너무 애국하네.'

승우는 자리를 털고 일어났다. 밥 먹을 시간이었다.

"송 검사님!"

오늘의 빠라는 부동산기획사 구 사장이었다. 말이 사장이지 반은 사기꾼으로 보면 정확하다. 승우와는 작년부터 인연을 맺었다. 이 인간이 연예인을 동원해 분양 사기를 친 직후였다. 본인은 사기가 아니라고 했다. 하지만 당한 사람들은 사기라고 말했다.

분쟁 해결은 승우가 해주었다.

구 사장은 무죄!

불기소 처분해 버렸다.

왜냐고?

구 사장이 승우에게 솔깃한 제안을 했기 때문이다. 그러나 피해자들은 그런 제안을 하지 않았다. 승우가 보니 양쪽의 다툼이 크게 기울지 않았다. 이럴 때는 칼자루 잡은 놈 마음이다.

"드시죠. 오전에 제주도에서 올라온 다금바리랍니다."

고급 일식집 내실에서 구 사장이 아부를 떨었다.

"다금바리?"

"솔직히 다른 데서 파는 건 다 가짜입니다. 한국 사람들, 다금바리 다금바리 하지만 정작 다금바리를 구분할 줄도 모르죠."

"구 사장이 파는 땅이 명당인지 허당인지 모르고 덤비는 것처럼?"

"에이, 또 왜 그러십니까? 다 지난 얘기를 가지고."

"딱 한 번이야. 두 번은 안 돼!"

"걱정 마십시오. 나도 그때 이후로 정신 차렸습니다. 투자자
와 같이 돈 버는 땅이 아니면 손 안 댑니다."

"이거!"

승우는 차키를 던져주었다. 식사하는 동안 기름을 채워오
라는 뜻이다.

"김 실장, 이 차 가져가서 손세차하고 기름 만땅. 럭셔리 오
일로!"

구 사장은 눈치가 빨랐다. 그런 면이 승우의 마음에 들었
다.

"그나저나 무당 국제 살인 사건 맡으셨다면서요?"

"무당 국제 살인?"

회를 먹던 승우가 고개를 들었다.

"한국 무당이 미얀마 모자를 죽이고 저주 받아서 몸이 쪽
빨렸다던데요?"

"누가 그래?"

"그 뭐… 인터넷에……."

"아, 진짜… 이놈의 나라는 뭐든지 인터넷이 먼저 설레발이
라니까."

"아닙니까?"

"한 번 더 헛소리하면 바로 구속할 테니까 그런 줄 알아."

승우는 으름장을 놓았다.

"그나저나 사건 끝나면 제주도 여행이나 같이 가시죠. 요즘 거기 땅이 완전 금색으로 바뀌고 있습니다."

"나한테도 사기 치려고?"

"에이, 몸 바쳐 애국하시는데 제가 한 필지 떼어주려고 그러죠."

"말만 그러지 말고 좀 제대로 해봐."

"이번엔 진짜입니다. 내가 거창한 국제 프로젝트 하나 짜고 있으니까 기대하십시오."

"너무 세게 놀면 곤란해."

"그리고… 저저번에 만난 유은이라는 애 있잖습니까? 걔가 검사님 한 번 더 보고 싶다고 난린데……."

"어허!"

여자 이야기다. 승우는 눈을 부라려 구 사장의 입을 막았다. 이 인간은 이게 단점이다. 좀 풀어주면 똥인지 된장인지 가리지 못하고 엉긴다.

"여기 초밥 되지?"

"예, 포장 좀 할까요?"

"그럼 고맙고."

승우는 젓가락을 놓았다.

초밥은 도시락으로 네 개나 준비되어 있었다. 차는 비까번쩍하게 세차해 놓고 기름은 만땅. 잠시나마 기분이 좋아지는 것 같았다.

그런데 고춧가루가 끼었다. 이면도로 앞에서 노숙자를 만났다. 좁은 도로에 멋대로 늘어진 노숙자 때문에 차가 지나갈 수 없었다.

빵빵!

경적을 울렸다.

술까지 마신 걸까? 움찔거리기는 하지만 잘 일어서지 못했다.

"아, 경찰 이 자식들은 월급 받아 처먹으면서 뭐 하나 몰라. 기초 치안 질서 하나 못 잡고."

별수 없이 차에서 내렸다.

'응?'

미적거리면 한 대 걷어차 줄 요량이었지만 그럴 수가 없었다. 여자였다. 품에 아이까지 안고 있었다.

"사장님, 애가 배가 고파 그러는데, 오천 원만 주세요."

때가 꼬질꼬질한 여자가 가련한 목소리를 쏟아냈다.

'이건 또 뭐야?'

승우는 느닷없는 상황에 어이가 없었다.

"사장님, 애가 어제부터 아무것도……."

"나 참, 그럼 노숙자 무료급식소 같은 데라도 가면 되잖아?"

"사장님……."

여자는 필사적이었다. 그러면서 간간이 기침까지 작렬한다. 자칫 메르스라도 옮을까 걱정되어 한 걸음 물러섰다. 그사이에 아이가 울었다. 별수 없이 초밥 두 개를 줬다. 여자는 그 자리에서 도시락을 까더니 아이 입에 물렸다.

"저쪽으로 가. 여기 있다가 잘못하면 차에 치이니까."

승우가 구석을 가리켰다. 여자는 몇 번이고 꾸벅꾸벅 인사하더니 기듯이 담 쪽으로 물러났다.

"에이."

슬쩍 돌아보니 그래도 어미라고 제 새끼는 끔찍이 챙긴다. 기분이 살짝 알큰했지만 신경 쓰지 않았다. 가난한 것들은 다 이유가 있다. 승우는 그 이유에 동정을 보낼 만큼 한가한 검사가 아니었다.

어쨌든 역사적인 날이었다. 승우가 착한(?) 일을 한 것이다.

착한 일.

이름하여 선행!

그건 초임 검사 임용 이후로 처음 있는 일이다.

지검 주차장에 들어서자 권오길에게서 전화가 왔다.

"포클레인이랑 인부들 준비해서 시작했는데, 날이 어두워져서 내일 계속해야겠습니다."

"그렇게 해."

시계를 보니 열한 시가 넘었다. 구 사장과 노가리를 너무 깐 모양이다.

승우는 검사실 문을 열었다. 불은 훤한데 아무도 없었다. 그렇다면 차도형이 아직 퇴근하지 않았다는 뜻.

"아, 한국말도 잘한다며? 미얀마 여자 하나 못 다뤄가지고……."

초밥을 내려놓고 조사실로 갔다.

딸깍!

조사실 문이 열렸다. 분위기가 이상했다. 표표는 고개라도 부러졌는지 땅만 보고 있고 차도형은 턱을 괴고 한숨을 뿌리고 있다.

"뭐야?"

"보면 모릅니까?"

"아직도야?"

"저도 미치겠습니다."

"어이!"

승우는 표표 앞으로 다가가 테이블을 내려쳤다. 표표는 고개를 들지 않았다.

"완전 꿀 먹은 벙어리입니다. 여기 들어온 이후로 한마디도

하지 않아요."

"이유는?"

"검사님이 좀 알아봐 주세요."

차도형은 그 말을 남기고 일어섰다.

"이봐, 차 수사관!"

"나도 좀 먹고살려고요. 그 여자는 밥 시켜줘도 안 먹지만 나는 먹어야 살겠습니다. 그러니 검사님이 마무리 좀 해주십시오."

"그건 걱정 마. 내가 차 수사관 생각해서 초밥 사왔으니까."

"아이고, 이렇게 일찍요? 황공해서 눈물이 아른거리는군요."

차도형은 빈정거리듯 말하고는 조사실을 나가 버렸다.

"이봐, 차 수사관! 차……."

손을 내밀지만 이미 떠난 버스. 허공에 대고 버벅거리는 액션이 괜히 쪽팔려 승우는 슬쩍 표표를 돌아보았다.

"어이!"

"……."

"고개 들라고. 그러다 경추 부러지면 미얀마 못 가. 경추… 목뼈……."

"……."

"한국말, 한국말 잘한다며? 그냥 간단하게 몇 마디만 대답해 주면 돼. 그럼 미얀마 가는 거 도와줄게. 오케이?"

"......"

"진짜 말 안 해?"

텅!

승우는 다시 테이블을 치며 윽박질렀다.

"......"

"이렇게 나오면 코리아 감옥에 처넣어서 한 20년 썩게 만들 거야. 알아?"

"......"

"우워어, 사람 미치고 환장하겠네. 사람이 물어보면 쓰다 달다 말을 해야 할 거 아냐?"

"......"

"어이, 뮤뮤인가 묘묘인가가 그쪽 주인이라고 그랬어? 주인, 왜 죽었는지 밝혀야 하잖아? 그게 주인에 대한 도리야."

"......"

"자, 둘이 무슨 관계인지는 모르지만 도리를 다하자고."

승우는 자판을 당겼다. 하지만 속절없다. 표표의 반응은 처음부터 지금까지 변한 게 없었다. 반응이 없는 상대, 그것만큼 사람 미치게 하는 일이 또 있을까?

"이걸 조폭 놈들처럼 개 패듯 팰 수도 없고."

승우는 몸부림을 치며 벽을 긁어댔다.

그러다 스위치를 건드리고 말았다.

조사실에 불이 꺼져 버렸다.

'응?'

공교롭게도 시간은 자정이었다. 불 꺼진 자정, 그리고 쌓이고 쌓인 피로. 잠시 책상에 앉으니 졸음이 밀려왔다. 다른 자정과는 아주 달랐다. 가만히 보니 이상한 소리도 들리지 않고 욕지기도 나오지 않았다.

'이제야 헛것에서 해방인가?'

마음이 편해지면서 깜빡 잠이 들었다. 무지막지하게 달콤한 잠이었다. 하지만 자세가 영 나빴다. 몸이 삐끗하면서 잠이 깨고 말았다.

"흠흠!"

안 졸은 척하면서 슬쩍 자세를 가다듬었다. 그런데 순간 승우의 오른 손목에서 푸른빛이 새어 나오기 시작했다.

'뭐야?'

승우는 보았다. 손목에서 나온 빛이 나른한 형체를 이루는 걸. 핸드폰만큼 작지만 사람의 형체였다. 그 형체는 표표를 향해 아른거렸다. 그러자 표표가 천천히 고개를 들었다.

"민민?"

그녀의 입이 처음으로 열렸다.

후웅우웅!

빛은 흔들림으로 답하는 것 같았다.

"으아아악! 민민! 민미이인!"

표표가 미친 듯이 일어서더니 푸른빛을 향해 아우성 가득한 절규를 토했다.

빛은 그녀의 어깨를 맴돌았다. 마치 지친 그녀를 달래주기라도 하는 듯이. 그런 다음 표표의 눈앞에서 찰랑거리다가 승우의 오른 손목으로 천천히 돌아왔다.

손목에, 마치 팔찌처럼……

그러나 빛은 곧 사라졌다.

승우는 손목을 더듬었다. 만져지지 않았다. 하지만 느낌은 있었다.

'이게 뭐야?'

승우는 믿기지 않았다. 박수무당의 지하실에서 처음 본 그빛. 그 빛이 아직도 팔목에 남아 있었다. 황당해하는 사이에 표표가 다가와 승우의 팔목을 붙잡고 통곡을 시작했다.

"민민!"

절규!

"민미인!"

그리고 눈물!

그런 눈물은 본 적이 없다. 그건 눈물이 아니라 홍수이고 폭포였다. 눈물에 피까지 섞여 보였으니 바로 피눈물이 아닌가? 승우는 어쩌지도 못하고 통곡하는 표표를 멍하니 바라보았다. 그때 차도형이 돌아왔다. 초밥을 우물거린 채.

"아, 진짜… 좀 도와 달랬더니 팼어요? 그것도 외국 여자를?"

차도형이 오해를 한 모양이다. 상황상 그럴 수도 있었다.

"무슨 소리야?"

"아니라는 겁니까? 이러니 검사님이 조사실에 들어오면 녹화를 못한다니까요."

"내가 뭘 어쨌다고 그래?"

승우는 억울한 마음에 빽 고함을 쳤다.

"차 수사관님이라고 하셨죠?"

그사이에 표표가 차도형을 바라보았다.

"미안합니다. 우리 검사님이 사람은 좋은데 빡 돌면 그 뭣이냐, Dog로 변신하는 성향이 있어서요. 내보내고 제가 조서 꾸밀 테니 이해하세요."

"그게 아니고 좀 나가주시겠어요. 저 검사님이랑 얘기 좀 할게요."

"예?"

표표는 아까와는 달리 눈동자에서 빛이 나고 있었다.

"……?"

"……!"

믿지 않았다.

믿기지 않았다.

표표가 쏟아낸 말.

나름 논리 정연했다. 더구나 거짓말을 하는 것 같지도 않았다. 지구상에 누가 이토록 진지한 얼굴로 거짓말을 할 수 있단 말인가?

하지만 어떻게 믿으란 말인가? 저 반지의 제왕이나 서유기 따위에나 나옴직한 황당무계한 이 이야기를.

표표의 이야기는 이랬다.

7년 전, 미얀마였다.

비의 계절 5월.

날마다 비가 퍼붓는 우기였다. 미얀마의 우기는 길지만 그 중에서도 특히 5월에 집중적으로 내렸다. 그때 뮤뮤와 이강순이 만났다. 장소는 낭우로 한국인에게는 관광 명소 바간으로 알려진 곳에서 차로 한 시간 거리에 위치한 뽀빠산 인근 마을이었다.

지금은 희대의 비극이 되었지만 그들의 만남은 아름다웠다. 당시 택시로 비를 뚫고 뽀빠산에 온 외국인 이강순. 택시기사가 영어를 잘하지 못해 궁금증이 많을 때 작고 오랜 파고다 앞에서 뮤뮤를 만났다.

운명이었다.

뮤뮤는 영어를 꽤 했다. 한국어도 꽤 했다. 한창 미얀마에 한국 바람이 불 때라 하녀 표표와 함께 한국어 학당에 다닌 것이다. 이때 뮤뮤의 나이는 고작 열아홉 살. 미얀마 여자답지 않게 피부도 뽀얘 이강순의 마음을 쏙 잡아당겼다.

이강순은 뮤뮤의 옆집에 머물게 되었다. 미얀마에서 외국인은 호텔에 묵어야만 하지만 이미 사문화된 규정에 불과했다. 더구나 이강순은 뮤뮤 집의 무속 환경에 푹 빠져 간청했다. 이때 이강순은 마흔 살이었지만 나이를 속여 서른두 살이라고 했다.

한국에서 온 서른두 살의 핸섬한 남자. 더구나 미얀마 종교와 낫(Nats)에 대해 관심이 많은 사람. 뮤뮤 역시 낫꺼도의 피를 받고 있었기에 둘은 금세 친해지고 말았다.

이강순은 미얀마의 토속신앙인 낫꺼도에 호감이 많았다. 틈만 나면 그걸 물어왔다. 외국인의 호기심. 더구나 뮤뮤에게 잘해주는 사람. 뮤뮤는 넘지 말아야 할 선을 넘고 말았다.

집안 대대로 내려오는 신물 하나를 아픈 할아버지 몰래 보여주고 말았던 것.

그게 바로 검은 혼을 다는 저울이었다.

이강순은 그 저울에 빠졌다. 보기만 해도 영물의 기세가 느껴지는 고대의 저울. 미얀마 최고의 대장장이로 불리는 응아틴테가 만들었다는 말 따위는 귀에 들어오지도 않았다. 그 저울함이 2,000년 묵은 신성한 샴펙나무를 원재료로 삼았다는 것도 관심이 없었다.

접시에 쓰인 황금, 미얀마인들의 정신적 상징으로 불리는 쉐다곤 파고다와 부처의 머리카락이 균형을 잡아준다는 고귀한 황금 돌탑 짜익티요 파고다, 그리고 뽀빠산 정상의 금빛 파고다의 기운을 담았다는 것도 마찬가지였다.

이강순의 마음에 든 건 단 한 가지.

지상의 모든 악령.

검은 혼을 다는 저울이 온갖 악령의 혼을 다스릴 수 있다는 점이었다. 귀신을 다스리는 법. 그거야말로 이강순의 숙원이었다. 내림굿을 받았지만 한순간 외에는 빛을 보지 못한 이강순. 한때 자기보다 못하던 무당들이 정관계의 거물들과 가까이하며 수천만 원부터 수억대의 굿으로 외제차를 굴리는 꼴은 차마 봐줄 수가 없었다.

접신!

즉 신통력의 진리를 찾기 위해 두메산골에 이어 동남아 원정에 나선 이강순, 마침내 그가 원하던 신물을 발견한 것이다.

이때부터 이강순은 더욱 뮤뮤에게 올인했다. 한국에는 아내가 있었지만 미혼이라고 속이며 애정 공세로 나갔다.

뮤뮤의 집안은 과거 뽀빠산 일대에서 존경을 한 몸에 받았다. 그 할아버지가 지금은 비록 신병(神病)으로 임종을 눈앞에

둔 중병환자지만 젊을 때는 왕족의 신임을 받던 낮꺼도였던 탓이다.

처음에는 검은 혼의 저울을 돈으로 살 생각이었다. 가난한 나라 미얀마이기에 돈을 좀 쥐어주면 간단할 것 같았다. 뮤뮤는 조용히 고개를 저었다. 그 저울은 사고파는 게 아니라고 했다. 이때부터 애정 공세로 전략을 바꾸었다. 선물 공세도 그랬거니와 한국 남자 특유의 친절함으로 뮤뮤의 마음을 사로잡았다.

"나와 결혼해 줘."

어느 달밤, 이강순은 마침내 승부수를 던졌다. 뮤뮤는 그 말을 믿고 몸을 허락했다. 뮤뮤의 마음을 사로잡은 이강순은 다음 단계로 옮아갔다. 그녀의 동정심을 사는 말을 잔뜩 펼쳐놓고는 검은 혼의 저울 사용법과 함께 잠시만 빌려달라고 한 것이다. 한국에 가서 나쁜 악령을 퇴치한 후 가지고 와서 결혼식을 올리겠다는 게 그의 미끼였다.

결혼!

그 단어는 순백의 영혼을 가진 뮤뮤를 흔들었다,

이유는 되는대로 붙여댔다. 이강순 그 자신이 한국의 낮꺼도지만 악령을 이기지 못해 많은 사람을 질병에 빠뜨렸다. 그래서 그 악령을 퇴치할 수 있는 힘을 구하기 위해 미얀마에 왔다. 저걸 빌려주면 나만 돕는 게 아니라 한국을 돕는 것이다. 너도 한국을 좋아하지 않느냐?

집요하면서도 호소력이 담긴 설득에 뮤뮤는 흔들렸다. 어차피 할아버지는 의식도 거의 없는 상태. 그분의 허락 없이 신물에 손대면 안 되는 걸 알지만 사랑 앞에는 장사가 없었다.

그렇게 검은 혼의 저울은 이강순의 손으로 넘어갔다.

이강순은 곧 한국으로 떠났다. 그리고 다시는 오지 않았다. 연락도 없었다. 그 찬란한 첫사랑의 5월. 슬픈 비의 계절이 다시 돌아와도 마찬가지였다.

이강순은 전화번호도 바꿔 버렸다. 하지만 그가 남긴 강력한 흔적이 있었다. 바로 뮤뮤의 임신이었다.

뮤뮤는 이강순을 찾아 한국으로 가고 싶었지만 그럴 수 없었다. 할아버지가 혼자였다. 집안 대대로 위대한 자랑이던 할아버지. 임종을 앞에 둔 그를 혼자 두고 떠날 수 없었다.

민민이 태어났다. 나중을 위해 한국어를 열심히 가르쳤다. 검은 저울과 흰 저울에 대한 내력도 함께 알려주었다. 그녀가 가장 먼저 가르친 한국어는 아빠였다. 이강순이 오면 그를 기쁘게 해주기 위해서였다.

아빠!

아빠!

민민의 발음이 또렷해질수록 뮤뮤의 가슴에 자리한 멍울은 커져갔다.

슬픈 비의 계절 5월이 몇 번 바뀌는 동안 투병하던 할아버지가 세상을 떠나고 말았다. 뮤뮤는 비로소 자신의 하녀처럼 일하던 표표를 한국으로 먼저 보냈다. 할아버지의 장례식에 각계각층의 인사들이 오자 그들에게 부탁해 국제취업을 시킨 것이다. 먼저 가서 이강순을 찾도록.

이제는 서둘러야 했다.

뮤뮤에게는 그럴 만한 이유가 있었다. 그건 표표도 어렴풋이 알고 있었다.

몇 달이 지나 표표에게 연락이 왔다. 이강순을 찾았다는 것. 다행히 그의 사진이 있었고 직업이 독특했기에 찾는 것이 영 어렵지는 않았다.

뮤뮤는 한국으로 날아왔다. 민민 때문이다. 이제 다섯 살인 뮤뮤는 할아버지가 앓던 이상한 신병이 옮은 판이었다. 오래 살 수 없었다. 그렇기에 민민이라도 한국에서 살게 하고 싶었다. 그 보름여, 그 빛나는 친절과 사랑을 남겨두고 천년의 약속과 함께 떠난 연인 이강순의 아들로.

'어쩌면……'

뮤뮤는 늘 생각했다. 어쩌면 이강순이 검은 혼의 저울 악령에 눌려 병에 걸렸을 수도 있다고. 그래서 미얀마로 오지 못했을 수도 있다고.

검은 혼을 다는 저울에는 부작용이 있었다. 무리한 욕심으로 악령을 다스리려 하면 그 낫꺼도가 치명상을 입을 수 있었다.

만약 그렇다면 뮤뮤가 도와주어야 했다. 이강순이 모르는 또 하나의 저울, 하얀 혼을 다는 저울이 있었기 때문이다. 이 두 개의 저울은 각기 다른 파고다에 보관되어 있었다. 그랬기에 이강순은 하얀 혼의 저울에 대해서는 알지 못했다.

그녀 역시 할아버지를 속이는 길이었기에 검은 혼의 저울에 대해서만 이야기한 것이다. 더구나 그 후로 이강순이 서둘러 미얀마를 떠나는 바람에 말할 기회도 없었다.

보름!

뮤뮤는 안도했다. 그녀의 생명불이 그 정도나 남아 있다는 걸. 생명불이 꺼지기 전에 첫사랑 이강순을 찾아냈다는 걸.

한국에 입국한 뮤뮤는 표표의 주선하에 모텔에 투숙했다. 그리고 바로 이강순을 찾아갔다. 이강순은 지방으로 가고 없었다.

걱정이 되었다. 그가 염려하던 악령을 아직도 해결하지 못한 것일까? 그래서 악령을 찾아다니는 것일까? 그렇다면 다행이었다. 혹시 몰라 하얀 혼을 다는 저울을 가져왔기 때문이다.

입국 일주일, 그제야 이강순을 만났다.

"……!"

이강순은 전혀 반가워하지 않았다. 반갑기는커녕 민민을 보고는 눈까지 부라렸다. 본능적으로 민민이 누군지 알아차린 것이다.

그러나 그는 교활했다. 뮤뮤의 설명을 듣더니 흔쾌히 민민의 미래를 책임지겠다며 맡아주었다.

…아버지로서.

고마웠다.

그 한마디에 뮤뮤는 오랜 짐을 내려놓았다. 이강순은 뮤뮤와의 결혼은 당장은 힘들다고 했다. 뮤뮤는 이해했다. 그녀의 목숨은 며칠 남지 않았다. 이강순에게 짐이 될 생각은 없었다. 그녀는 미얀마로 돌아가 그녀의 가족 옆에 묻힐 생각이었다.

뮤뮤는 이강순에게 검은 혼의 저울을 돌려달라고 했다. 처음부터 그와의 약속이었다. 겉보기에 이강순이 건강함으로 이제는 돌려받아도 될 걸로 생각되었다.

이강순은 거부했다. 잃어버린 지 오래라는 게 그의 말이었다. 거짓말이었다. 뮤뮤는 알 수 있었다. 이강순의 신당 안에서 새어 나오는 그 저울의 기운. 저울은 가문의 신물이었으니 그 피를 가진 사람과 생체처럼 통하는 게 있었다.

그걸 이강순에게 말했다. 신당에 있는 걸 알고 있다고 했다. 어쩌면 그게 치명적인 실수였다.

이강순은 화를 내더니 마지막 남은 과제가 있으니 며칠만
더 쓰고 미얀마로 가는 날 돌려주겠노라고 약속했다. 믿을 수
밖에 없었다.

민민을 맡기고 3일, 긴장이 풀린 탓인지 신열 때문에 앓아
누워 있던 뮤뮤가 벌떡 잠에서 깼었다.

민민이었다.

그녀 앞에 민민이 있었다. 사람이 아니라 혼으로서 말이다.

혼!

그건 곧 민민이 죽었다는 뜻이 아닌가?

"민민⋯⋯."

뮤뮤는 숨이 막혔다.

민민이 왜?

순간 민민은 소리 없는 통곡의 절규를 토하며 검은 회오리
가 되어 사라졌다. 검은 회오리였다.

"⋯⋯!"

말이 나오지 않았다. 검은 회오리. 뮤뮤는 지금 무슨 일이
일어나고 있는지 알았다. 뮤뮤는 맨발로 뛰었다. 이강순의 집
까지 뛰는 데 오래 걸리지 않았다. 소리 없이 신당을 엿본 그
녀는 보고 말았다.

이강순, 그가 검은 혼과 손을 잡은 모습을.

그가 민민을 목 졸라 죽이고 그 앞에 앉아 검은 혼의 저울

로 민민의 혼을 속박하고 있는 것을.

그건 그 혼의 지배자가 되겠다는 의미였다. 죽은 혼이 가진 능력을 받아 예지력을 갖겠다는 뜻이다. 바로 뮤뮤가 말한 뮤뮤 가문의 순혈의 피가 혼을 다는 저울과 통한다는 말이 민민의 죽음을 불러온 것이다.

이강순은 자신의 신통력을 높이기 위해 혼의 순도가 높은 민민을 제물로 삼은 것이다.

혼의 속박!

그것은 어떤 낫꺼도에게도 금지된 일. 그러나 이강순이 죽인 건 민민만이 아니었다. 그 옆에 놓인 양동이에는 이미 여러 사자의 혼이 담겨 있었고, 나무 항아리 안에도 악령의 혼들이 통곡의 신음을 하고 있었다.

'하얀 저울!'

뮤뮤는 다시 모텔로 뛰었다. 미친 듯이 뛰었다. 하얀 저울의 힘이라면 민민을 다시 살려낼 수도 있었다. 이 밤이 가기 전에, 이 밤이 새기 전에 사력을 다하면 말이다.

그러나 불가능했다. 새벽이 오면서 뮤뮤는 그걸 깨달았다.

뮤뮤 그녀 역시 낫꺼도의 피를 가지고 있었다. 두 저울을 다스리는 법도 배웠다. 하지만 할아버지와는 비교될 것이 아니었다.

더구나 신병에 걸린 몸. 그런 까닭에 7여 년간 검은 혼의 저울을 다스리는 법에 몰두한 이강순에게 밀리고 만 것이다.

"민민……."

그녀는 무너져 버렸다. 사랑하는 이의 아들로, 그녀가 동경하던 그 한국이란 나라에서 자라게 하고 싶던 아들. 그 아들이 죽어 하늘에도 가지 못하고 악령으로 남을 판이다.

'용서 못 해!'

표표가 일하는 식당으로 찾아가 사실을 알린 뮤뮤는 치를 떨었다.

이강순은 악마였다. 처음부터 악마였다. 뮤뮤는 그제야 또렷이 알았다. 이강순의 의도, 그 불손한 의도를. 제 피가 섞인 아이조차 자신의 무속 도구로 만들기 위해 죽였으니 다른 무슨 증거가 필요하단 말인가?

"검은 저울이 균형을 잃었어."

뮤뮤는 한마디로 말했다. 표표는 충실하게 듣고만 있었다.

"표표……."

"네."

"나는 오래 못 살아. 너도 알지만 할아버지가 앓던 병이 내안에서 깊어졌어."

뮤뮤의 말에 표표는 눈물만 떨구었다.

"검은 혼 저울의 코끼리들을 막아야 해."

"……."

"민민의 혼이 악령이 되는 걸 막아야 해."

기력이 쇠잔한 뮤뮤는 하얀 혼의 저울을 꺼냈다. 그녀는 세 개의 머리를 가진 신성한 흰 코끼리 아이라비타를 꺼냈다. 검은 혼의 코끼리와 상대할 수 있는 지상 유일의 힘이다.

"수고했어, 표표. 이제 너는 미얀마로 돌아가도 돼."

"아씨……."

"그 사람은 죽게 될 거야. 물론 나도. 너는 나 때문에 한국에 왔어. 그러니 너한테 피해가 돌아가는 건 원치 않아. 미얀마에 남은 건 이제 다 네 몫이야."

"흑!"

뮤뮤는 모텔을 향해 돌아섰다. 표표는 뮤뮤의 뒷모습을 향해 세 번 큰절을 올렸다.

그 절은 생자가 아니라 사자(死者)에게나 올리는 절이었다. 시간은 자정이 되기 전이었다.

모텔로 돌아온 뮤뮤는 여섯 흰 코끼리를 입에 물고 앉은 채로 잠이 들었다.

영원의 잠. 힘을 채우기 위해서였다. 그래야만 이강순의 검은 저울에 대적할 수 있었다.

그러나 너무나 극단적인 방법이었다. 그녀는 스스로 죽음의 길로 걸었다. 죽음으로 가질 수 있는 힘을 얻기 위해.

"어우욱!"

그날 밤 표표는 식당 사장 몰래 소리 없이 흐느꼈다. 주인을 잃은 충성스러운 하녀의 통곡이었다.

  이틀 후, 힘을 비축한 뮤뮤는 박수무당이 죽은 당일, 밤이 깊어지기를 기다려 무당의 집으로 향했다. 그리고 일이 벌어졌다.

  박수무당은 모든 수분을 빨린 채 죽었고, 뮤뮤와 민민은 지하의 혼령 단지 안에서 발견되었다.

6장

낫꺼도의 성전(聖戰)

"으워어!"

승우의 입에서도 표표가 했다는 통곡 비슷한 소리가 새어 나왔다. 말이 되는 소린가? 우주선이 날고 컴퓨터가 지구 반대편에서 0과 1만으로 모든 걸 해결하는 세상에서.

표표는 이제 울지 않았다. 모든 것이 끝난 것 같은 허탈감, 모든 것을 내려놓은 상실감, 그게 그녀의 얼굴에 있었다.

"이봐, 표표."

"네."

"그러니까 당신 말은 지금 당신의 주인인 뮤뮤가 죽은 지

이틀이나 지나서 혼령이 된 채 박수무당을 찾아가 그 뭐냐, 검은 혼 저울과 하얀 혼 저울이 결투를 벌였다?"

"결투가 아니라 성전입니다."

성전!

그녀는 또렷이 말했다.

"성전?"

"네, 선과 악의 대결. 주인께서는 결코 그런 천박한 말을 하지 않습니다."

"뭐, 뭐, 천박?"

야, 너 여기가 어딘지 알아? 내가 누군지 알아? 내가 대한민국 최고의 엘리트 검사야, 검사!

승우는 그렇게 외치려고 했지만 그냥 삼켜 버렸다. 가난한 나라 미얀마의 여자. 그것도 직업으로 보면 하찮은 식당의 이주 노동자. 그런데 어쩐지 함부로 범접하지 못할 힘이 엿보였다.

"좋아, 코리아는 코리아, 미얀마는 미얀마. 그건 그렇다고 치고, 아무튼 그래서 당신 주인 뮤뮤가 박수무당을 작살내고, 그 아들 민민의 혼이 악령으로 변하는 걸 막고, 나아가 박수무당이 끌어모은 어린 악령들도 모두 풀어줬다?"

"아마 그럴 겁니다."

"아마?"

"방금 본 민민 도련님의 혼에 때가 없었으니까요. 그렇다면 아씨께서 성공했다는 증거입니다."

"아까 그게 민민이라는 꼬마의 혼이었다?"

"네."

대답하는 표표의 입가에 미소가 감돌았다. 비극 속에서 건져낸 작은 위로, 그게 그녀의 입가에서 엿보였다.

"미치겠군. 죽은 여자가 산 사람에게 찾아가 산 사람의 체액을 쪽 빨아냈다? 그것도 단지 안에 갇힌 채?"

"당신은……."

표표는 승우를 똑바로 쳐다보더니 천천히 말을 이었다.

"믿으셔야 합니다. 당신에게 민민 도련님이 서려 있으니."

"그건 또 무슨 헛소리야?"

"천천히 알게 될 겁니다."

"으아, 아주 사람을 가지고 노는구만."

승우는 답답한 가슴을 두드렸다.

사건의 개요는 해결.

그러나 누구도 믿지 않을 일.

"이봐, 여긴 대한민국이야. 그리고 이건 무려 세 사람이 죽은 살인 사건이라고."

"세 사람이 아닙니다."

"뭐야?"

"아씨께서 말씀하시길, 그 집에 적어도 100개 이상의 원혼이 갇혀 있었고… 그들 중 열 명 이상은 그 남자가 죽인 혼이라고 했습니다."

"……?"

머니머니머니닝!

바로 그 순간 승우의 전화기가 울렸다.

"뭐야?"

—이강순 집입니다. 빨리 좀 와보셔야겠습니다.

"이 밤에 거긴 왜?"

—술 드셨습니까? 지금은 아침입니다.

'아침?'

그러고 보니 벌써 아홉 시가 다 되어가고 있었다. 밤을 꼴딱 새운 줄도 모른 것이다.

"그러니까 왜?"

—마당 끝에서 어린아이의 것으로 보이는 유골이 무더기로 나왔습니다.

'무더기?'

*   *   *

"비켜! 나 송 검사야!"

이강순의 집은 골목부터 아수라장을 이루고 있었다. 구경꾼과 기자들 때문이었다. 거기서 또 신분증의 굴욕을 맛보았다. 교대로 나온 통제경찰이 승우를 모르고 막아선 것.

권오길의 인증을 받고서야 승우는 현장에 들어섰다.

"저놈 관등성명 알아둬."

승우는 자신을 막은 경찰을 바라보며 씩씩거렸다.

"아, 왜 그러십니까? 직무에 충실한 건데."

"그럼 내가 매번 권 수사관 인증 받고 현장에 들락거리란 말이야?"

"그러게 신분증은 목에다 걸고 다니십시오. 손에 들고 여기저기 흔들어대시니까 잃어버린 거 아닙니까?"

"됐고, 어디야?"

"저깁니다."

마당에 들어선 권오길이 구석을 가리켰다. 앞서 도착한 감식반원들은 유해를 발굴하느라 정신이 없었다.

"읍!"

비위가 뒤틀렸지만 참았다. 박수무당의 살해 현장에 비하면 댈 것도 아니었기 때문이다.

"확인해 봐야 알겠지만 모두 여섯 구로 보입니다. 일부 유실이 있는 데다 뒤섞인 상황이라 실제로는 더 많을 수도 있습니다."

감식반원이 설명했다.

"그러고 보니 해골이 없네?"

"맞습니다. 공교롭게도 두개골이 하나도 없습니다."

"목을 벤 건가?"

"글쎄요. 좁은 공간도 좀 더 뒤져보겠습니다."

때마침 오 부장이 김혁과 함께 들어섰다.

"웁!"

오 부장은 바로 입을 틀어막고 돌아섰다.

"아, 진짜… 열심히 일하는 사람들 앞에서 왜 이러십니까?"

넌지시 티를 내는 승우.

"두개골이 없다?"

그래도 김혁은 달랐다. 사체를 확인하더니 바로 사안의 중대성을 짚어냈다.

"방 안 수색에서도 두개골은 안 나왔어?"

김혁이 승우를 바라보았다.

"그런 거야 수사의 기본이지. 두개골 같은 게 있었으면 우리가 놓쳤겠어?"

"엽기적이군. 다 어린애들 같은 데 말이야. 이 뼈는 서너 살밖에 안 되어 보이는데?"

"어린애들 실종사건과의 연계는 김 검사가 좀 맡아줘."

승우는 재빨리 업무를 떠넘겼다.

"부장님, 다른 사건 미루고 이 건부터 가야겠는데요? 이거 자칫하면 사건 파장이 굉장하겠습니다."

상황의 심각성을 간파한 김혁이 오 부장에게 의견 개진을 했다.

"내 생각도 그래."

"그러니까 제가 뭐랬습니까? 빨리 수사팀 보강해 달라고 하지 않았습니까?"

승우는 그 틈바구니에 끼어들어 생색을 냈다.

오 부장과 김혁은 사건 현장을 처음부터 돌아보았다. 박수무당이 죽은 자리에서는 여전히 혈취가 풍겼다. 특히 승우 코에 그랬다.

"저는 잠깐 확인할 게 있어서……."

승우는 핑계를 대고 그 방에 들어가지 않았다. 자칫 오바이트라도 쏠리면 오 부장에게 되로 주고 말로 받을 가능성이 있었다.

'응?'

생각 없이 발을 떼던 승우는 그 발이 지하실로 향하고 있음을 알고 걸음을 멈췄다. 지하실. 별로 들어가고 싶지 않았다. 그런데 처음 그날처럼 안으로 향하고 말았다.

우웅!

환청이겠지.

무슨 소리가 들리는 것 같았다. 뮤뮤가 죽은 민민을 끌어안고 흐느끼는 소리일까. 아니, 표표의 말이 사실이라면 두 모자는 서로 죽어서 만났다. 박수무당 이강순이 민민을 먼저 죽이고 나중에 죽은 상태로 찾아온 뮤뮤를 쓰러뜨린 후에 한 단지에 넣었다.

'사망은 사흘 전이지만 뇌 활동 흔적은 사건 당일까지도 엿보임.'

느닷없이 검시 소견이 스쳐 갔다. 승우는 얼른 뒤를 돌아보았다. 처음부터 켜놓은 불. 그럼에도 불구하고 알 수 없는 두려움이 머리끝에 송골송골 맺혔다.

송승우, 돌았냐? 지금은 21세기야. 귀신이니 혼이니 하는 건 미신 좋아하는 사람들이 제 밥벌이하려고 만들어놓은 것에 불과하다고.

권총을 만지작거리며 자가 최면을 걸었다. 하지만 소용이 없었다. 총이 주는 위안 덕분에 잠시 마음이 편해졌지만 그사이에 다른 생각을 시작하고 말았다.

'뇌 사망만 놓고 보면 뮤뮤는 이강순의 사망 시간에도 살아 있었다.'

이게 포인트였다.

그러니까 표표가 말한 성전이 실제 일어난 것이다. 산 이강순과 죽은 뮤뮤의 일대 성전. 그리하여 표표의 말에 따르자면 선이 악을 이겼다. 아니, 미얀마 무당들의 이야기니까 잘은 모르겠지만, 아무튼 그 비스무리한 결과를 낳은 셈이다.

좋다. 다 좋았다.

일단 그렇다고 치자.

그렇다면 이강순은 악령을 모으고 있었다. 마당의 유골로 보아 직접 죽이기도 한 모양이다. 민민의 경우가 그렇지 않은가? 그럼 그 악령은 어디에 있나? 아니, 악령이니까, 죽은 혼이니까 승우에게 보이지 않을 수도 있었다. 하지만 그래도 두개골은 보여야 하는 거 아닌가? 정 아니라면 유골 가루라도 있어야 하는 거 아닌가?

단지?

유골 가루를 생각하니 단지가 스쳐 갔다.

뮤뮤와 민민을 담아둔 단지.

왜 단지였을까?

그러고 보니 또 한 가지가 스쳐 갔다. 첫날 어떤 단지에서 발광하듯 튀어나온 빛의 궤적, 그리고 그 빛을 제압한 나른한 빛. 그 이후에 빛 하나가 승우의 오른 손목에 휘감겼다. 그러나 열어보니 텅 비어 있던 단지들. 그럼 그때 쏟아져 나온 빛이 죽은 아이들의 혼이었을까?

승우는 그 단지들 앞에 섰다. 감식반원들이 뒤졌지만 별게 나오지 않은 것들. 이강순 것 이외에는 지문도 없고 혈흔도 없었다. 그때처럼 발로 건드려 보았다. 넘어갔다. 또 하나를 그렇게 했다. 역시 넘어갔다. 또 하나······.

'응?'

그 하나는 감이 좀 달랐다. 넘어는 가는데 단지 아래의 무게감이 조금 달랐다. 다시 한 번 시도했다. 몇 개는 가볍게 넘어가고 또 몇 개는 무게중심이 바닥에 있는 게 느껴졌다. 승우는 그중 하나를 들고 나왔다.

"그건 또 뭐 하시게요?"

현장을 지휘하던 권오길이 인상을 찡그렸다. 그들에게 있어 승우는 그저 가만히 있는 게 도와주는 것일 때가 많았다.

"이거 다시 조사해 봐."

승우가 단지를 내밀었다.

"검사님!"

"해봐!"

"그거 세 번이나 조사한 겁니다. 이강순의 지문밖에 없어요."

"하라니까!"

"아, 정말··· 저기 유골 나온 거 보고도 그러십니까? 지금 할 일이 태산이라고요."

권오길은 울상이 되었다. 직속 검사, 게다가 성질머리 더러운 승우였으니 울 수도 웃을 수도 없는 상황이다.

"그래서 안 해?"

"한가하시면 나가서 화려한 언변으로 기자들이나 상대해 주세요. 자칫하면 벽을 뚫고 들어올 기세입니다."

"에이, 진짜… 무슨 말이 그렇게 많아?"

짜증이 난 승우는 단지를 벽에다 던져 버렸다.

와작!

단지에 금 가는 소리가 들렸다. 이어 승우와 권오길의 눈이 동시에 휘둥그레졌다. 가루였다. 회색빛이 감도는 가루. 그 가루가 단지 바닥 틈에서 흘러나온 것이다.

"검사님, 이거?"

놀란 권오길이 가루를 보며 소리쳤다.

"……?"

승우 역시 당황하고 있었다. 그 아래에 뭐가 든 줄은 몰랐다. 단지 무게감이 있는 데다 오 부장도 와 있으니 일하는 척 액션을 취한 것뿐이다.

"유골 가루 같습니다."

달려온 감식반원도 놀라움을 감추지 못했다.

"죄송합니다. 제가 괜한 고집을 부려서……."

권오길은 묵례로 승우에게 사과했다.

"됐어!"

슬쩍 목에 힘을 주며 상사의 관용을 베푸는 승우.

"유골 가루를 발견했다고?"

소란을 들은 오 부장도 단박에 뛰어내려 왔다.

"예."

대답은 권오길이 대신했다,

"누가 발견한 거야?"

"송 검사님이……."

권오길이 또 대답했다. 오 부장의 시선이 승우에게 건너왔다. 그는 승우의 어깨에 두 손을 올리더니 감식반원보다 더 비장하게 한마디 토해냈다.

"수고했어, 송 검사!"

전에 없이 신뢰가 가득한 눈빛이다.

*   *   *

단서가 쏟아졌다.

김혁이 합류하면서 속도가 붙은 것이다. 이강순의 주변에서 증언도 나왔다. 그가 어린아이를 집으로 데리고 들어가는 걸 봤다는 목격자가 있었다. 마당에서 또 다른 지문도 나왔다. 탐문 결과 그는 이강순에게 동물 화장장을 소개해 준 사람이었다.

동물 화장장은 불법이었다. 화장장 운영자는 자기 죄를 아는 까닭에 수사관에게 모든 정보를 털어놓았다.

이강순이 동물 화장장에 처음 온 건 7년 전쯤부터였다. 개를 특별히 좋아하는 사람으로 화장장 주인은 이강순을 기억하고 있었다.

처음에는 큰 개를 화장했단다. 그걸 시작으로 서너 번째부터는 그가 직접 화장하곤 했단다. 사랑하는 개라 마지막 가는 길까지도 인도하고 싶다기에 그러라고 맡겼단다. 이미 이강순의 직업이 박수무당인 걸 알고 있던 화장장 주인. 조악한 동물 화장 기계 작동은 그리 어렵지도 않았으니 화장장 주인으로서는 꿩 먹고 알 먹는 일이었다.

그렇게 다녀간 게 무려 10여 회. 거의 2년에 3회 꼴이었다.

이강순은 아이들의 두개골 유해를 그렇게 확보했다. 그런 다음에 특별한 단지에 넣어 밀봉(?)해 버린 것이다. 아마 혼을 다스리는 과정으로 보였다.

승우의 추측은 단지 제작자에서도 확인되었다. 단지는 특별 주문 맞춤이었다. 오래 묵은 대추나무와 백일홍나무를 썼다고 한다. 형태는 조립식, 그러니까 깊이 파인 접시 같은 바닥에 유해를 붓고 그 위에 진짜 단지를 끼우는 식이었다. 바닥 둘레에 아교 같은 걸 바른 후에 단지를 올리면 여간해서는 분리되지 않는 구조였다. 오죽 정교했으면 수사진도 그냥 통바닥인 줄 알았을까?

이강순의 집에서 나온 단지는 모두 아홉 개로 지하실에서 여덟 개, 이강순의 살인 현장에서 하나였다. 그중에서 이중 장치로 완성된 단지는 모두 네 개였고, 그 안에는 빠짐없이 유해가 가득 차 있었다. 다만 이강순의 살해 현장에서 발견된 단지는 이중 바닥이 아니었다.

유해의 양을 고려할 때 대략 어린아이 10여 명 분량이다. 하지만 두개골 유해를 일부만 넣었다면 그 수는 한없이 늘어날 수도 있었다.

아이들 살인은 정황이 입증되었다. 양동이에서 검출된 지문의 주인이 자백을 한 것이다. 그는 소위 신병을 앓는 청년이었다. 까닭 없이 그런 현상이 오래되어 병원에 다녔다. 진단이 나오지 않았다. 별 이상이 없다고 했지만 그는 견딜 수가 없었던 것이다.

주변의 말을 주워듣다 이강순을 찾아갔다. 이강순은 내림굿을 권했다. 스스로 신아버지가 되어주겠다고 했다. 그날부터 청년은 몸이 편해졌다고 했다. 하지만 문제가 있었다. 이강순이 해괴한 일을 지시한 것이다. 그건 바로 전국을 돌며 갓 죽은 아이의 두개골을 수습하라는 것이었다. 그러면서 시범도 보였다.

시골에서는 아직도 매장하는 사람이 많았다. 그걸 알아내 묘를 파고 두개골을 득하는 시범이었다.

그걸 해야 내림굿이 성공하고 앞으로 무당으로도 대성할

수 있다고 했다. 하지만 청년은 그럴 수가 없었다. 죽은 아이의 목을 꺼내는 것, 그건 차마 인간으로서 할 수 없는 일이었다.

그 양동이가 바로 그때 쓰던 거라고 했다. 청년은 또렷이 기억하고 있었다. 그러던 어느 날, 비 오는 밤에 또 하나의 어린 아이 무덤을 찾아낸 이강순이 실습을 권할 때 청년은 줄행랑을 놓았다. 그 후로 다시는 이강순을 찾지 않았고 경찰에 신고도 하지 않았다. 그 자신도 같이 잡혀갈까 걱정되었던 것이다. 이 청년은 간단히 구속영장을 신청했다.

"그러니까 아이의 두개골이 필요해서 묘에서 꺼내다가 결국 아이들을 직접 죽이는 데까지 도달했군요. 이쯤 되면 이건 사이코도 아니고…… 그런데 어쩌다 그 자신이 그렇게 해괴하게 살해당했을까? 어쩌면 또 다른 배후가 있다는 건데……."

동물 화장장 현장을 확인하고 가던 김혁이 승우를 돌아보았다. 승우는 조수석에 있었다. 꼼짝 없이 딸려온 것이다.

"무슨 배후?"

"극단적 성향의 미신추종자들 말이야. 저 외국의 부두교처럼."

"왜 이래? 이제는 좀비라도 튀어나오길 바라는 거야?"

"송 검사 생각은 어때? 듣자니 무속신앙에 대해 이미 빠삭하게 인포메이션을 정립한 모양이던데."

"좀 더 정리가 필요해. 이거 아주 복잡하거든."

승우는 엄살을 떨었다.

"알아. 내국인만 얽힌 것도 아니고 미얀마 모자까지 살해되었어. 미얀마 대사관에서도 사건 개요에 대한 질의서가 왔다며?"

"지금 그것까지 신경 쓰게 생겼어? 나 3일 동안 한잠도 못 잤거든?"

조금은 과장이었다. 이틀은 그랬지만 어제는 자정에 괴기스러운 일이 일어나지 않았다. 단지 표표의 말을 듣느라 밤을 새웠을 뿐.

"이거 동기끼리 왜 이래? 송 검사 늦잠 자느라고 이틀 연속 지각한 거 모르는 사람 지검에 없어."

차는 24층 고층 빌딩 앞에 멈췄다.

"김 검사야말로 왜 그래? 내 말 못 믿어? 어젯밤 조사실에서 참고인 조사하느라 밤새운 게 누군데? 그리고 바빠 죽겠는데 여긴 왜?"

승우는 지지 않았다. 그건 명백한 사실이니까.

"내 사건 현장이야. 좀 확인할 게 있어서……."

김혁은 경비원을 대동하고 마지막 층의 버튼을 눌렀다.

"이건 좀 미뤄둔 거 아니야? 지금은 박수무당 사건이 먼저라고."

"알아. 위치만 잠깐 보면 돼."

"아, 그냥 투신자살이라고 마무리하면 될 걸 가지고……."

승우는 구시렁거리며 김혁을 따라갔다. 별수 없었다. 그동안 김혁에게 진 신세 때문이다.

김혁!

위아래로 두루 원만한 성격이며, 사실 그동안 승우가 곤경에 처한 사건을 도와준 경우도 많았다. 그러고도 크게 생색내지도 않았다. 게다가 지금도 군말 없이 승우를 지원하는 형편이다. 그러니 이만한 투자 정도는 감수해야 할 승우였다.

어둠이 진하게 내린 고층 빌딩의 옥상. 경비원이 따준 문으로 나와 본 옥상은 흉흉하고 음한하기 짝이 없었다.

"여긴데……."

김혁은 진지한 표정으로 천길 아래를 내려다보았다. 그에게 떠넘겨진 재벌 기업가 이승준의 투신자살 사건. 워낙 재벌이다 보니 신문에까지 난 사건인데 가족들의 이의 제기가 강력했다. 그는 고소공포증까지는 아니지만 높은 곳을 싫어했다고 주장했다.

그러나 현장에 남겨진 유서와 구두가 결정적이었다. 국과수의 부검 또한 타살 흔적이 나오지 않았다. 정황으로도 기업가는 자신에게 닥친 위기를 극복하려고 애를 쓴 흔적이 있었다. 그러나 결과는 투신자살이었다. 김혁에게는 양 갈래의 압박이 가해졌다. 그만 끝내라는 쪽과 진실을 밝혀달라는 쪽.

이유야 많았지만 가장 문제가 된 건 바로 얼굴이었다. 추락하면서 머리가 거의 박살이 난 시신. 그 처참한 사체를 본 유족들은 그래서 더욱 난리를 치고 있었다.

"그만 가자고. 귀신 나오겠어."

승우는 어차피 자기 사건도 아니었다. 게다가 오래된 건물이라 옥상에 들어앉은 냉각기가 을씨년스럽기 짝이 없었다.

"알았어. 그러자고."

김혁은 쿨하게 승우의 요청에 응했다.

승우는 사무실에 들렀다. 김혁의 차를 타고 있던 까닭이다. 책상에 앉으니 바로 가기는 좀 그랬다. 다들 바쁜 마당이라 조금은 이미지 관리를 해야 했다.

"슬리핑이 그립다."

등을 기대니 두개골이 흔들리는 것 같았다.

유 계장도 그립다.

사람이 그립기는 처음이다. 그가 있었다면 이 피로를 좀 덜 수 있을 것 같았다. 승우가 사무(私務)에 바빠도 사무실을 잘 이끌고 가던 그였으므로.

극심한 피로감에 고개를 흔드는 순간, 웬 액체가 바닥에 떨어졌다.

어찌나 놀랐는지 천장부터 쳐다보았다. 혹시라도 누수?

그건 아니었다. 액체의 출처는 승우의 코였고, 정체는 피였다.

"어, 검사님, 코피……."

서류를 한 뭉치나 안고 들어서던 차도형이 승우를 바라보았다.

"나 좀 쉬어야겠어. 보고할 거 있으면 내일 하라고."

기회는 이때다 싶은 승우는 손가방부터 챙겨 들었다.

"하지만 급한 게 있는데요."

"내일 하라니까."

"검사님!"

"글쎄, 내일 하라고!"

승우는 그냥 복도로 나서 버렸다. 하지만 더 가지는 못했다. 복도까지 따라 나온 차 수사관의 말 때문이었다.

"미얀마 여자 거취는 결정해 주고 가셔야죠."

표표?

그녀는 아직도 조사실에 있었다. 하루 종일 정신이 없어 그녀의 존재를 까맣게 잊고 있었다.

"식사는 수미 씨가 대충 시켜줬어요. 뭐, 여전히 손도 대지 않지만."

조사실 앞에서 차도형이 말했다.

표표는 그대로였다. 피조사자 책상에 바른 자세, 깊은 슬픔이 가득 찬 촉촉한 눈빛 그대로.

"그녀는 검사님을 원하니까 저는 이만 실례!"

"이봐, 차 수사관!"

차도형은 이내 사라져 버렸다.

"아, 진짜……!"

승우는 괜한 짜증을 내며 표표에게 다가섰다.

"미얀마 가고 싶어?"

첫마디는 송승우답게 퉁명스러웠다.

"……"

"나도 보내주고 싶은데 방법이 없어."

"……"

"그 흰 저울과 검은 저울 이야기 말이야. 그거 믿어줄 사람이 아무도 없거든."

"괜찮아요."

표표의 입에서 얼음장 같은 목소리가 새어 나왔다.

"내가 안 괜찮거든."

"……"

"미얀마에서는 어떨지 모르지만 여기는 코리아야, 코리아. 그런 건 호랑이 담배 피우던 시절에는 몰라도……"

"당신… 낫껴도?"

표표의 목소리는 놀라울 정도로 또렷했다.

"뭐라고?"

"느낄 수 있어요. 당신도 낫꺼도의 피……."

"무슨 헛소리야?"

"내 말 맞아요. 당신에게도 낫꺼도의 피가 보인다고요."

"무당의 피?"

놀란 승우는 재빨리 주변부터 돌아보았다. 그런 다음 옆방으로 가서 통제실의 상태를 체크했다. 녹화나 녹음 같은 건 실행되고 있지 않았다.

"표표!"

"네?"

"당신이 뭘 알아? 그러니까 입조심. 한 번 더 그 말 하면 미얀마 못 갈 줄 알아!"

"미얀마 못 가도 괜찮아요."

"뭐야?"

"표표 주인… 한국에서 죽었어요. 민민도 여기서 죽었어요. 표표 비겁하게 도망치려 했지만 잘못이란 걸 알았어요. 그러니 아씨와 민민의 시신을 받지 않으면 절대 안 가요."

표표의 눈에서 눈물이 흘러내렸다.

"허얼!"

"당신은 내 말을 믿어야 해요. 당신 팔에 민민이 있잖아요.

당신… 아씨가 당신을 선택한 거예요. 그러니 민민의 혼을 구해주셔야 해요."

"뭔 헛소리야? 개 혼은 당신 아씨가 이미 구했다며?"

"아뇨!"

표표는 고개를 저었다.

"사악한 악령이 되는 걸 막았을 뿐이에요. 아직 하늘로 가지 못했어요. 그러니… 당신이 구해주세요."

"뭘? 어떻게? 이미 죽은 애를 나보고 어쩌라고?"

"말했잖아요. 아씨가 당신을 선택했다고. 당신에게 낫꺼도의 피가 흐르기 때문에……."

"이거 왜 이래?"

"당신, 낫꺼도… 죽은 사람과 통할 수 있어요. 도련님과 통할 수 있다고요."

"미치겠네. 난 낫꺼도 아니거든. 무당 아니라고. 대한민국 검사야, 검사!"

승우는 자신도 모르게 목청을 높였다.

"내 말을 아직도 안 믿죠?"

표표가 물었다.

"당연히!"

"그럼 저랑 약속해요."

"약속?"

"당신이 아씨와 이강순, 아니, 검은 혼의 저울과 흰 혼의 저울… 성전 볼 수 있어요. 그걸 알려드릴 테니 아씨와 민민의 시신을 미얀마로 가져갈 수 있게 해주세요. 그리고 민민의 혼을 구해주세요."

"이봐, 난 귀신들이 치고받는 성전 따위에는 관심 없어. 이 사건이 어떻게 일어났는지를 알고 싶은 거라고. 그런데 미안하지만 CCTV가 없어. 그래서 미치겠다고."

"CCTV 없어도 볼 수 있어요."

"뭐야?"

"검은 저울과 흰 저울… 그거 가지고 있죠?"

"그런데?"

"그럼 볼 수 있어요. 성전. 그러니까 약속하세요."

"좋아, 까짓것, 사건 현장을 볼 수만 있다면 뭔들 못하겠어?"

승우는 덜렁 약속을 해버렸다.

"자정이에요."

표표는 시계를 바라보았다. 아직 자정은 20분이 남아 있었다.

"코끼리도 다 있나요? 각각 여섯 개씩."

"걱정 말고 이야기나 계속해."

"자정이 되면 당신의 오른손으로 검은 저울과 흰 저울을 한

데 포개놓으세요. 그럼 볼 수 있을 거예요. 명심하세요. 오른손이에요."

"주문 같은 것도 없이?"

엄마 생각이 나서 묻는 승우. 무당인 엄마는 뭘 할 때마다 맛이 갔나 싶을 정도로 중얼거렸기 때문이다.

"주문은 민민이 알아서 해요. 당신의 오른 팔목, 그리고 당신에게 흐르는 낫꺼도의 피……."

"무슨 헛소리야?"

"내 말은 끝났어요. 가세요!"

표표는 그렇게 입을 닫아버렸다. 승우는 핏대가 또 확 뻗쳤다. 대체 누가 검사이고 누가 피조사자란 말인가? 하지만 이어지는 그녀의 한마디에 공갈 액션조차 취할 수 없었다.

"시간 없어요. 서두르세요!"

시계를 보니 10분이 지났다. 이제 남은 시간은 10분.

'오냐, 아니면 두고 보자. 어떤 죄목을 씌워서라도 한국 교도소의 콩밥 맛을 보여줄 테니까.'

일단 사무실로 들어섰다. 차도형은 퇴근하려고 가방을 꾸리고 있었다.

"오, 아직 안 가셨어요?"

"빈정거리는 거야?"

"그럴 리가요. 저도 믿기 힘들어서 그럽니다. 보통 송 검사

님은 이 시간이면 고급 유흥업소의 부흥과 인맥 관리를 위해
불철주야……."

"됐으니까 얼른 가기나 해."

"예, 그럼 수고하십시오. 아, 나갈 때 보안점검일지 좀 부탁
드립니다. 잠금장치하고 전원 스위치도요."

차도형이 나갔다.

시계를 보니 이제 딱 8분 남았다.

'이건 또 어디로 간 거야?'

두 곳의 현장에서 가져온 미얀마 고대 저울이 보이지 않았
다. 어찌어찌 기억을 더듬어 책상과 차 뒷좌석에서 저울을 찾
았을 때는 딱 1분이 남았을 뿐이다.

'나도 참 제대로 미쳤지.'

하다 보니 조금 슬픈 마음도 들었다. 아무리 사건이 미궁이
기로 이런 미신을 믿다니. 게다가 밤 열두 시에 몸소 해보려
고까지 하다니.

젠장!

아무튼 오른팔, 그 팔로 저울을 포개기까지는 했다. 그러고
나서 시계를 보니 열두 시가 되었다. 아무 일도 일어나지 않
았다.

'크하, 역시……'

'이제는 미얀마 언니까지 나를 데리고 놀아?'

속은 마음에 핏대가 불끈 솟구쳤다. 생각하니 괘씸하기 그지없는 인간. 아무도 모르는 승우의 절체절명의 비밀인 무당에 대해서까지 입을 나불거린 중죄인이다.

'그냥 둘 줄 알아?'

자리를 박차고 일어서며 오른손으로 저울을 짚어버렸다. 그러자 이상하게도 불이 저절로 꺼졌다.

'뭐야?'

어두운 사무실. 마치 루미놀에 반응한 혈흔처럼 작고 시린 빛이 보이기 시작했다. 두 개의 저울에서 희미하게 새어 나오는 빛. 처음에는 개똥벌레 꽁무니에 달린 것처럼 작았다. 그러다 천천히 조금씩 커져갔다. 그 빛에 홀린 승우는 숨을 멈춘 채 주목했다.

빛. 탁한 회색빛과 눈부신 수정처럼 흰빛.

두 개의 빛은 두 장면을 보여주기 시작했다. 공간은 이강순의 집이었다.

"……."

승우는 호흡을 멈췄다.

뮤뮤다.

죽었지만 움직이고 있었다. 마치 살아 있는 것처럼.

자기 발로 이강순의 집에 들어선 뮤뮤. 장면은 마당이 시작이었다. 이강순이 나와 뭐라고 소리를 질러댄다. 그러다 뮤뮤의 멱살을 잡고 흔든다. 뮤뮤는 저항하지 않고 쓰러졌다. 뇌를 제외하고는 이미 사망한 뮤뮤. 초월적인 힘으로 그의 육신을 데리고 간 모양이다.

이강순은 뮤뮤를 확인했다. 여자가 죽은 걸 확인한 그는 뮤뮤를 업고 지하로 내려갔다. 그런 다음 단지에다 뮤뮤를 처박았다. 민민의 시신이 있는 단지다. 단지를 제대로 봉한 이강순. 괜한 수고에 화가 나는지 단지를 냅다 차버린다. 단지가 넘어갔다. 그래서 이 단지만 쓰러져 있었던 것이다.

이강순은 지하실을 나갔다. 그러자 단지에서 빛이 새어 나오기 시작했다. 승우의 눈에는 단지 안이 죄다 보였다. 어느 틈에 민민을 소중하게 끌어안은 뮤뮤. 그녀의 입에서 새어 나온 흰빛이 민민의 몸을 어루만지기 시작했다.

거기에 코끼리가 있었다. 여섯 마리의 하얀 코끼리.

다른 빛은 이강순을 비췄다. 신당이다. 그는 검은 혼을 다는 저울을 꺼내놓고 악령들을 다스리고 있었다. 혼의 무게를 재서 강한 악령을 고르려는 것이다. 그 옆에 열린 단지가 보였고, 허공에는 민민과 또 하나의 혼이 떠 있다. 둘 다 어린아이로 검은빛의 사슬에 묶인 채였다.

이강순은 민민의 혼을 접시에 올렸다. 그런 다음 검은 코끼리 추를 꺼내 무게를 달았다. 네모진 귀와 삼지창 꼬리가 눈길을 끌었다. 처음에는 세 번째 것. 추가 민민 쪽으로 기울었다. 이강순은 회심의 미소를 지었다. 그가 바라던 모양이다.

그는 제일 큰 코끼리를 집어 들었다. 그래도 민민의 접시가 근소하게 무거웠다. 이강순의 입이 찢어지는 게 보였다. 영혼의 무게가 무거우면 그만큼 영력이 강하다는 뜻이고 나아가 그의 신통력이 더 강해진다는 의미였다.

그 순간 검은빛이 가득하던 신당에 흰빛이 밀려들기 시작했다. 놀란 이강순이 주위를 둘러보았다. 거기 있었다.

뮤뮤의 혼.

순백의 혼으로 옮겨 앉은 그녀가 시린 흰빛으로 검은빛을 제압하기 시작했다. 이강순은 황급히 여섯 코끼리를 손 위에 모았다. 그리고 필사적으로 저항했다.

두 개의 빛이 신당 안에서 충돌했다.

성전!

승우는 그제야 그 말뜻을 알았다. 표표가 왜 성전이라고 했는지, 그리고 그게 왜 성전인지를.

신성한 흰빛과 사악한 검은빛은 미친 듯이 발광하며 격돌했다. 검은 코끼리들은 네모난 귀를 펄럭이며 악몽과 공포를 쏟아냈다. 삼지창 꼬리에서도 절망이 사납게 호를 그렸다. 흰코끼리는 무지갯빛 고요와 평온으로 맞섰다.

그때마다 하나의 천국과 지옥이 뒤엉겨 찢겨져 나갔다. 그때마다 수많은 악령과 선령들이 몸부림을 쳤다. 절망과 희망의 사나운 사투. 두 세계가 충돌할 때마다 공간은 비명과 빛의 조각으로 아수라장을 이루었다.

이강순은 사악한 미소를 물고 있었다. 거푸 충돌하던 검은빛이 성성한 악몽의 날을 세우고 흰빛의 중심으로 들이쳤기 때문이다. 그는 승리를 확신한 듯 보였다. 검은빛은 셀 수도 없는 절망의 칼날로 변해 뮤뮤를 노렸다.

콰아아아!

지켜보던 승우는 뼈와 의지가 통째로 녹아내리는 것 같았다.

아아아!

빛의 충돌은 소리도 없이 소리를 냈다. 온 우주가 고스란히 무너져 앉는 소리를.

그러나 이강순은 웃지 못했다. 어느 틈에 중심을 비운 흰빛. 검은빛은 공연한 헛심을 쓰고 몸서리칠 뿐이었다. 그 위로 세 가닥씩 짝을 이룬 흰빛이 쏟아졌다. 그건 차마 누구도 형언하지 못할 평화였다. 사악한 빛은 그 흰빛에 물들자 괴성을 지르며 흩어졌다.

이런 쌍!

소리는 없지만 읽을 수 있었다. 이강순의 얼굴을 스쳐 가는 쾌속 절망. 검은빛은 낱낱이 흩어지더니 실 줄기를 이루며 허공으로 산개했다. 그리고 마치 검은 레이저처럼 이강순의 몸을 뚫고 들어갔다. 이강순은 머리를 쥐어뜯더니 그 자리에 무너졌다.

아아아!

어디선가 천상의 소리, 천국의 소리가 들리는 것 같았다. 소리와 함께 이강순의 몸이 꿀렁거리기 시작했다. 두개골도 일그러졌다. 이어 핏빛 액체가 밀려나왔다. 눈, 코, 입, 귀, 심지어는 똥구멍과 고추의 요도, 나아가 미세한 땀구멍에서까지도. 구멍이라면 예외가 없었다.

그러자 검은 코끼리들에게서도 비슷한 현상이 일어났다. 그 안의 정기가 흰 코끼리들에게 흡수되고 있었다.

뮤뮤가 손을 내밀어 민민의 혼을 안았다. 그러자 민민을 구속하고 있던 검은 사슬이 사라졌다. 뮤뮤가 민민을 안는 순간, 시린 흰빛도 조금씩 잦아들기 시작했다.

'응?'

빛이 완전히 사라지기 직전, 승우는 동그랗게 눈을 떴다.

문이 열린 것이다. 이강순의 신당 문이.

그리고 사람이 들어섰다. 50대의 남자였다. 아직도 이강순의 몸에서는 꿀렁꿀렁 핏물이 밀려나오는 상황. 그는 돌연한 장면에 놀라 엉덩방아를 찧었다. 그런 다음 기다시피 신방을 나갔다.

'이건 또 뭐야?'

하지만 잠시 후에 다시 돌아왔다. 그는 깨금발로 걷더니 신당에 놓인 작은 금불상을 집어 들었다. 그러고는 본인의 혼적을 지우고 사라졌다. 빛은 거기서 완전히 꺼졌다.

"아, 진짜……."

차도형이 다시 불려왔다. 그것도 집 앞 주차장까지 도착한 상태에서.

"그러니까 내일 확인해도 되잖습니까? 당장 지구가 멸망하는 것도 아니고……."

비위가 상한 그는 제대로 짜증을 부렸다.

"미안해. 갑자기 떠오른 생각이라서 말이야. 내일이면 잊어버릴 거 같아."

승우는 대충 둘러댔다.

"저 지금 엿 먹이려는 거죠? 검사님이 머리가 얼마나 좋은데 그걸 잊어요?"

"칭찬이야, 욕이야?"

"지금이 몇 시냐고요? 마누라까지 집 앞에 나와서 기다리고 있는 참인데……."

"그만해. 미안하다고 했잖아!"

"에이, 그때 차라리 법원 공무원 시험을 봐야 했는데……."

차도형은 머리카락이 빠져라 벅벅 긁어댔다.

몽타주실에는 세 명이 앉아 있다.

승우, 차도형, 그리고 몽타주 실장.

물론 몽타주 실장도 걸레를 씹은 표정이다.

"송 검사님, 요즘 너무 과로하시는 거 아닙니까?"

실장이 슬쩍 태클을 걸었다. 그도 물론 차도형 편이다.

"과로하는 거 알고 있으니까 그냥 좀 갑시다. 사실은 나도 피곤해서 죽겠어요. 내 눈 안 보여?"

"예, 어련하시겠습니까."

실장이 검색을 시작했다.

"성별이요."

"남자."

"나이요."

"40대. 40대 후반쯤."

"특징이요."

"기생오라비과."

"예?"

"아, 거 왜 있잖아요? 좀 야리야리 재수 없게 생긴 놈들."

"그건 송 검사님 자화상 아닌가?"

커피를 뽑아온 차도형이 잽싸게 끼어들었다.

"나 지금 장난 아니거든."

승우는 레이저를 쏘아 차도형의 입을 막았다.

피곤했다. 맹세코 집 앞에서 돌아온 차 수사관보다, 자다가 불려나온 몽타주 실장보다 피곤했다. 잠을 제대로 못 잔 게 벌써 며칠째란 말인가?

하지만 이건 놓칠 수 없는 일이었다.

승우는 표표 덕분에 사건의 정황은 확실하게 알았다. 지금 정신이 해까닥 돌아서 헛것이 보이는 게 아니라면 말이다.

영적 살인 사건.

승우가 멋대로 지어낸 그 제목. 지검장 앞에서 보고한 그 제목. 우연인지 몰라도 그 접두어를 붙이면 간단한 사건이었다.

우선 이강순의 사체가 그랬다. 뮤뮤의 사망 부검 결과도 그랬다. 민민의 사체 상태도 그랬다. 단지 속에서 뮤뮤가 눈을 뜬 것도 그랬다.

모든 게 그랬다.

하지만 그걸 수사 결과라고 내놓을 수는 없었다. 설령 그게 완전 진실이라고 해도. 그랬다가는 승우가 미친놈 취급을 받을 일이다.

그런 차에 실존 인물(?)이 끼어들었다. 현장에 있던 인간, 그러면서 살아 숨 쉬는 인간. 그러니 이 인간이 필요했다.

기필코!

"오, 여기 사기전과범 중에 그럴싸한 인간들이 둘 있는데요?"

몽타주 실장, 역시 베테랑이었다. 몇 개의 조건만으로 두 개의 사진을 띄워놓았다.

"이놈이야!"

승우는 자신도 모르게 벌떡 일어섰다.

새벽같이 지검장이 나왔다. 허 차장과 오 부장도 나왔다. 자동으로 그 아래의 간부들도 줄줄이 출근했다. 관료사회의 당연한 풍경이다. 이유는 물론 박수무당 살해 사건 때문이다.

"현장에 있던 혐의자를 체포했다고?"

회의실에서 지검장이 물었다.

"예!"

승우는 이때만은 피로도 잊은 채 목에 힘을 주었다. 그 옆에는 김혁과 조기호가 들러리로 병풍을 이루고 서 있다.

"범인인가?"

이번에는 오 부장이다.

"취조 중입니다만, 최소한 사건의 열쇠를 쥐고 있는 건 확실합니다."

"그 사람도 송 검사가 잡았다고?"

다시 검사장이 물었다.

"예!"

다시 목에 힘이 들어가는 승우.

그러자 간부들 사이에서 웅성거림이 새어 나왔다.

"해가 서쪽에서 뜨겠군."

흥, 해야 어디서 뜨건 무슨 상관인가? 승우는 목이 부러져라 힘을 주었다.

"기자들은?"

"조 검사!"

지검장이 묻자 승우는 조기호에게 눈짓을 보냈다. 조기호는 바로 보도 자료를 돌렸다.

박수무당 살해 사건 결정적 실마리를 쥔 혐의자 긴급 체포

지검장이 제목을 훑어보자 승우는 씨익 미소를 머금었다. 승우가 지어낸 제목이기 때문이다.

"지금까지 나온 건 뭔가?"

다시 오 부장의 질문.

"일단 이 친구가 박수무당이 살해되는 순간, 그 장소에 있던 건 확실합니다. 게다가 금불상을 훔치기도 했고요."

"금불상을 훔치려다 우발적으로 살해?"

"그보다 현장 목격자라는 게 중요합니다."

"알았어. 기자들 잘 달래서 엉뚱한 추측 기사 안 나가도록 조치하고, 피의자 1차 조서 나오는 대로 보고해."

지검장은 준엄하게 분부를 내리고 일어났다.

이제 남은 건 수사팀의 컨트롤 타워, 즉 오 부장과 승우, 김
혁과 조기호뿐이다.

"확실해?"

오 부장이 재차 물었다.

"물론입니다."

승우는 대답을 망설이지 않았다.

"그런데 송 검사."

남은 보도 자료를 바라보던 김혁이 승우를 바라보았다.

"뭐?"

"이거 작성할 때 피의자가 연행되던데, 너무 추측으로 질러
나간 거 아니야? 피의자가 다른 말을 하면 우리가 역풍을 맞
을 수도 있어."

"사람을 뭐로 보고 그래?"

승우는 바로 발끈 갈기를 세웠다.

"사실이 그렇잖아? 지금 윗선에서도 촉각을 곤두세우고 있
는 마당에……."

"아니, 그럼 아직 취조도 안 끝내고 보도 자료부터 썼단 말
이야?"

오 부장이 승우를 쏘아보았다.

"아, 거 사람 좀 믿어보십시오."

"사람아, 믿을 게 따로 있지. 김 검사 말마따나 범인이 아니면? 그렇잖아도 슬슬 여론의 웃음거리가 되고 있는 판이야."

"아, 맞다니까요. 제가 책임지겠다고요."

"안 되겠군. 김 검사가 조사실 가서 알아봐."

막 오 부장이 지시를 내릴 때다. 조사를 진행하던 차도형이 회의실로 들어섰다.

"송 검사님!"

"어떻게 됐어?"

"으아, 완전 대박입니다! 검사님이 던져준 떡밥 말입니다. 솔직히 믿기지 않아서 써먹지 않다가 이 인간이 무데뽀 오리발로 버티길래 슬쩍 던졌더니 술술 부네요. 검사님 말이 정답이었습니다."

"무슨 말?"

오 부장이 차도형을 바라보았다.

"송 검사님이 그랬거든요. 그 피의자가 이강순 살해 현장에 있었고, 피를 쏟는 걸 봤다. 거기에 기겁해서 엉금엉금 기어 도망쳤다가 다시 돌아와서 살금살금 신당의 금불을 훔친 후 여기저기 흔적을 지우고 튀었다."

피의자 진술을 확보한 차도형은 입에 모터라도 단 듯 신이 나 설명했다.

"……!"

차도형의 말에 오 부장과 김혁은 물론 조기호까지도 벌린 입을 다물지 못했다.

"에이, 진짜… 사람을 그렇게 못 믿을 거면 이 사건에서 빼 주십시오. 죽도록 파헤쳐 봤자 이런 오해나 받으니 일 못 하겠습니다."

승우는 보란 듯이 엄포를 놓고 돌아섰다.

"송 검사, 왜 그래? 기자들이 설쳐대니까 노파심에 한 말을 가지고."

다급해진 오 부장이 승우를 잡았다.

"미안해. 다들 신경 곤두섰을 텐데, 우리끼리 이러지 말고 조사실로 가자고. 조사 끝나면 내가 아침 제대로 쏠게."

오 부장이 승우를 달랬다. 승우는 못 이기는 척하며 복도로 나왔다.

킥킥!

앞서 걸으며 혼자 웃음을 삼켰다.

김혁, 김혁 하는 부장에게 한 방 제대로 먹인 것 같다. 그것도 검찰의 꽃으로 불리는 김혁 앞에서.

7장
또 하나의 박수무당

우병길!

그놈이었다.

성전이 벌어진 직후에 들어선 쥐새끼. 알고 보니 이강순을 주목하고 있던 자였다. 둘은 동업자로 교분을 나누고 있었다. 그러던 차에 이강순이 곧 전성기를 뛰어넘는 신통력을 회복할 거라고 호언장담을 한 모양이다.

실제로 이강순의 능력은 빠르게 회복되는 듯 보였다. 사람도 변했다. 어쩐지 최근 들어 카리스마가 넘쳤다는 것이다. 그러다 얼마 전, 그러니까 민민이 이강순에게 온 날, 전화를 건 우병길에게 자기가 모시던 관성제군이 행운의 응답을 해왔다며 큰소리를 쳤다는 것.

'이제 대한민국 무속계는 내가 평정할 것.'

그 또한 박수무당인 우병길은 진심 궁금했다.

대체 무엇 때문에 이강순이 발전하고 있는 것일까? 전성기의 접신 능력을 찾으려고 해외를 떠돌고도 다시 전국의 명당을 찾아다닌다는 소문을 듣고 있던 우병길은 그 비밀을 엿보고 싶었다.

우병길은 금불상을 주목했다. 그의 신당에 있는 무신도쯤이야 자기 신당에도 있었다. 그런 건 속된 말로 사람들의 시선을 끌기 위한 전시품에 불과했다. 무신도에서 접신 능력이 나온다면 누가 무당을 못 할까?

이강순의 신당에서 주목할 건 단 두 가지로 외국에서 사온 종이 금박으로 장식했다는 금불상과 반쯤 썩어 보이는 검은 나무 저울뿐이었다.

'저까짓 건 청계천 만물시장에만 가도 단돈 만 원이면 살 수 있는 것.'

저울 따위는 관심도 없었다. 우병길이 마음에 둔 건 금불상이었다.

그날은 이강순이 초월적인 접신 능력의 완성을 장담한 하루 전날이었다. 우병길은 호기심에 더해 불안을 느꼈다. 서로 망해가는 거야 하나의 위안이었지만 이강순은 부활하고 있었다. 그게 싫었다. 그게 뭔지 알고 싶었다. 그래서 알게 된다면 그걸 훔치거나 따라 하면 그만이다. 무속에 특허가 있는 것도 아니니까.

그가 마당에 숨어들었을 때는 뮤뮤가 오기 전이었다. 물론 뮤뮤가 올 줄도 잘 모르고 있던 그다. 뮤뮤가 들어서자 이강순은 불같이 화를 냈다.

"이따위로 나오면 네 아들도 거두지 않을 거야!"

화내는 목소리가 우병길에게도 또렷이 들렸다. 뮤뮤는 바로 쓰러졌다. 둘이 뭐라고 몇 마디 나누기는 했는데 듣지는 못했다. 이강순은 뮤뮤를 들쳐 업고 지하실로 가더니 이내 돌아왔다. 그런 다음 신당에 앉아 접신을 시도했단다.

"지하실은 안 내려가 봤나?"

직접 취조에 나선 승우가 물었다. 옆에는 김혁과 차도형이 있었다.

"궁금하긴 했지만 목적이 그게 아니라……."

"이강순이 뮤뮤에게 어떤 위해를 가했나?"

"멱살을 잡고 소리 지르는 것 외에는……."

"그런데 여자가 쓰러졌다?"

승우 옆에 있던 김혁이 거푸 물었다.

"예."

"그럼 단지에 넣어 질식사시킨 건가?"

"뭐 국과수 애들도 단정을 못 하니 그럴 수도 있고."

승우는 대충 넘겨 버렸다.

"계속해 봐요."

이번에는 차도형이 우병길을 재촉했다.

"이강순이 신당에 들어가고 얼마 후였죠. 굉장한 접신 신호가 왔어요. 내 신어머니께서 당신의 신어머니 때 성황당이 뒤집히는 접신을 보았다던데 그것하고도 비교가 되지 않을 정도였습니다."

"여보쇼, 검사님이 두 분이 있는데 지나친 구라는 좀 생략합시다. 그 정도면 이강순 집도 무너졌어야지."

차도형이 슬쩍 주의를 주었다.

"아, 진짜라니까요. 당신들은 백번 말해도 몰라요. 접신이라는 게 영령들의 힘이기 때문에 보통 사람들은 이해를 못 한다고요."

"당신, 무슨 형이야?"

듣고 있던 승우가 질문을 날렸다.

"예?"

"그 잘난 무당 중에서 무슨 형이냐고. 호남 중심의 단골형이야, 아니면 제주도의 심방이야? 그것도 아니면 명두형? 무당형?"

"……?"

"이강순에게 관심을 보였다면 명두형이겠군. 그는 명두형
이라 어린 사령이 필요했겠지. 대개 일곱 살 미만 말이야. 여
자 사령은 명두, 남자는 동자나 태주 아니야? 그런데 이강순
은 그조차도 아닌 변태 짝퉁 명두형이었겠지. 왜냐하면 명두
형 무(巫)는 사아령의 강신이나 전문 점쟁이, 초령술, 기타 가
무에 의한 정통 굿이 불가능하잖아? 그럼에도 불구하고 이강
순은 그런 모든 걸 포함하는 박수였고. 그렇게 되면 굳이 분
류하자면 퓨전 무당형? 무당형은 굿을 주관할 수도 있고 영력
으로 점을 칠 수도 있으니까. 당신들이 말하는 우주적 질서와
교리적 지침으로 말이야."

"에?"

우병길의 입이 쩍 벌어지는 게 보였다.

"여보쇼, 당신 임자 만났어. 우리 송 검사님, 대한민국 유일
한 무당 전문 검사님이셔. 그러니까 잡설 풀 생각 말고 그대
로, 있는 그대로!"

차도형은 우병길을 한 솎음 죽여 놓았다.

"나 참, 내 살다 살다 신문사나 방송국에 의학이나 과학 전
문기자 같은 게 있다는 말은 들었지만 검사 중에 무당 전문이
라니……."

우병길은 한숨을 쉬더니 뒷말을 이어갔다.

"아무튼 그렇다고요. 그 접신 파워는 어마어마했습니다. 아마 그 인근에 사는 무당들이라면 자다가 식겁했을 겁니다."

"계속해."

승우는 책상에 엉덩이를 걸치고 진술을 재촉했다.

"그런데 곧 잠잠해지는 겁니다. 속으로는 그랬어요. 늦었구나. 저 인간이 기어이 무속의 도를 이루었구나. 그런데 마당으로 뛰어나와 고래고래 소리라도 지르며 감격할 줄 알았는데 아무 반응이 없어요. 저도 인간이라면 그만한 도를 이루고 그냥 있을 리가 없잖아요? 게다가 인간됨이 그리 깊은 놈도 아닌데……."

"그래서?"

승우가 추임새를 넣었다.

"한 반 시간은 지났을까? 궁금해서 견딜 수가 없었습니다. 까짓것, 문 열어보고 놀라면 지나가는 길에 얼굴 좀 보려고 들렀다고 할 생각이었죠. 그게 아니고 진짜 도를 이루었으면 여자에게 폭행을 가한 걸 빌미로 협박할 생각도 했고."

우병길은 그렇게 이강순의 신당 문을 열었다. 그리고 보았다. 그 어마어마한 성전이 벌어진 혈투의 현장. 패배자가 된 이강순이 온몸으로 꾸역꾸역 혈 덩어리를 뿜어내며 죽어가는 모습을.

"처음에는 너무 놀라 기어서 나왔는데… 가만 생각하니 금불상이 눈에 밟히지 않습니까? 그 인간, 능력에 넘치는 접신을 시도하다 몰려든 사령들의 힘을 이기지 못해 영적 파멸을 맞은 모양이던데 죽은 사람은 죽고 산 사람은 살아야지요. 그래서……."

"불상을 들고튀었다? 지문까지 철저하게 닦고서?"

"예."

"그런 상황에서 그런 정신이 있을 수 있는 겁니까?"

김혁이 날카롭게 끼어들었다. 나름 처참한 살인 사건을 많이 겪은 김혁. 그 정도라면 보통 사람은 기절해야 옳았기 때문이다.

"뭐, 끔찍하긴 하지만 영적 파멸이라면 그럴 수도 있으니까요. 예부터 전하는 말에 따르면 용한 무당은 상상 속에서 자기 머리를 잘라내고 몸뚱이까지 잘게 썰어 그 한점 한점마다 무신(巫神)을 받아들인다고 했습니다. 하지만 능력이 부족한 무당이 그런 욕심을 내게 되면 자칫 환각이 지나쳐 실제로 자기 몸을 잘근잘근 썰기도 한다고……."

"그러니까 당신 말은 이강순이 무속적 죽음이라는 거로군요. 원래 의도한 건 아니지만."

"아무튼 누가 죽인 건 아니지요. 보통 사람들도 과욕을 부리면 탈이 나잖습니까? 간단히 말하면 그런 겁니다. 저기 무당 전문검사님은 이해하실걸요?"

우병길은 거듭되는 김혁의 질문에 승우를 돌아보며 동의를 구했다. 그러자 김혁도 승우를 돌아보았다. 승우는 나름 묵직하게 고개를 끄덕거렸다.

끄떡.

딱 한 번이다.

"당신 말처럼 스페셜 하긴 해."

승우는 끄덕인 고개를 멈춘 상태로 입을 열었다.

"살인에는 다양한 유형이 있지. 우리는 시간, 방법, 환경, 상황을 조사해서 특성을 구분하고 있어. 성범죄자, 강도, 정신이상자, 욕구불만 범죄자 등으로 말이야. 그건 다시 대량살인범, 연쇄살인범, 무차별살인범 등으로 나누는데 이건 범주가 애매모호하거든. 이를테면 인간 이상의 힘이 작용했달까? 그러니 당신 말이 솔깃하긴 하군."

승우의 말에 차도형의 입이 쩌억 벌어졌다. 여태 요령만 물이 오른 검사로 알고 있던 송승우. 그런데 이번 사건에서는 그의 다른 면이 자꾸만 튀어나오고 있었다.

하지만 승우는 대수롭지도 않았다. 송승우도 검사다.

대한민국 검사? 고스톱으로 따는 게 아니었다. 첫 출발이 어긋나서 그렇지 승우 역시 엄청난 경쟁률을 뚫고 검사가 된 몸이다. 그렇기에 사실 잘나가는 김혁과 비교한다고 해도 종이 한 장 차이에 불과했다.

"그럼 그 여자는요? 지하실에서 아들과 함께 사체로 발견되었는데?"

잠시 주춤하던 김혁의 질문이 이어졌다.

"그거야 뭐 이강순이 목을 잡고 흔들었으니 그때 죽었나 보죠. 그놈, 알고 보면 지독한 놈이에요. 전에도 자기 마누라들개 패듯 패서 쫓아냈고, 고아 애들 데려다 혼을 거둔다며 죽이려 한 적도 있다고 들었거든요. 아니, 진짜로 죽였을 겁니다. 마당에서 애들 유골이 여럿 나왔다면서요?"

출구였다.

우병길은 어떻든 살인을 하지 않았다. 승우가 보기엔 그랬다. 승우가 겪고 있는 모든 일이 환상이 아니라면 말이다.

하지만 지금 당장은 아니었다.

여기는 대한민국 검찰. 게다가 사건은 온 국민의 이목을 끌고 있는 사안이다. 이제 살인 현장에 있던 자를 찾았으니 구속 절차를 밟아야 했다.

"어이!"

잔뜩 눈살을 찌푸리고 있던 승우는 기선 제압용으로 테이블을 내려쳤다.

"예?"

놀란 우병길이 고개를 들었다.

"지금 사람 놀려? 장단 맞춰주니까 우리가 우습게 보이나 본데, 그게 말이 되냐고? 사실은 그 모녀도 네가 죽였지? 그리고 난 후에 지하실에서 나와 신당에 있던 이강순을 죽이고 금붙이 탈취, 앤드 증거 인멸을 위해 지문 삭제. 아니야?"

승우의 주특기가 거기서 불을 뿜듯 작렬했다. 없는 죄도 덮어씌우기 신공. 이 드롭에 걸리면 십중팔구의 확률로 두 손을 들어야 한다.

그게 아니면, 피의자는 자기 주변의 모든 사람에게 치명적인 피해가 돌아갈 걸 각오해야 한다. 주변 털기. 그건 검찰 내에서 최고수에 속하는 승우였다.

"아니지. 마당의 유골들 살해 건도 공범일 수 있고."

승우는 우병길을 점점 더 수렁으로 밀어 넣었다.

"아, 아닙니다. 나는 진짜로 진실만 말했어요."

놀란 우병길이 식은땀을 흘리며 손사래를 쳤다.

"이 인간, 일단 이강순 살인범으로 구속영장 청구하고 수사 보강해. 그쪽 지휘는 여기 김 검사에게 받도록 하고."

승우는 공을 김혁에게 떠넘겼다. 통제실에서 모든 상황을 지켜본 오 부장도 이의를 달지 않았다. 힘들여 검거한 현장 피의자. 검찰 입장에서는 결정적인 피의자였다. 그러니 그 말만 믿고 사건을 영적 파멸로 발표할 검찰은 대한민국에 없었다.

수사는 쭉쭉 탄력을 받았다. 동물 화장장에서도 인골이 검출되었다. 이강순이 화장한 게 개가 아니고 진짜 사람이라는 증거였다.

정말 개 같은 놈이었다.

승우는 오늘도 파김치가 되어 귀가했다.

우병길 건은 김혁에게 떠넘겨졌지만 그렇다고 끝나는 일이 아니었다.

기자들이 문제였다. 간부들이 문제였다.

오후에 적당히 땡땡이칠까 했지만 검찰청에서 고위간부가 내려왔나. 더 큰 문제는 청와대 비서관까지 대동했다는 사실이다. 승우가 빠질 수 없는 자리였다.

막 차에 올랐을 때 그런 통보를 받았다. 김이 확 샜다. 집에 도착한 후에 불려나온 차도형의 기분을 알 것 같았다.

다른 때 같으면 뺀질뺀질 핑계를 대고 튀었을 승우다. 하지만 고위직에 청와대 인사까지 온다면 그럴 수 없었다. 자칫하면 여기까지 잘 끌고 온 공을 김혁에게 뺏길 수 있었다.

이 고위직들, 그냥 브리핑만 듣고 가도 좋을 것을 식사까지 쏘겠다고 나섰다. 그들도 뭔가 일조했다는 생색이 필요한 모양이었다.

결국 담당 주임검사인 승우가 오 부장과 함께 대표로 접대를 받았다. 그러다 보니 필연 술이 한잔 들어갔다. 술이 들어가니 말이 많아졌다. 말이 많아지니 살인 사건은 종교 문제로 넘어갔다.

종교와 정치. 일단 말이 나오기 시작하면 길어진다.

승우가 집에 돌아왔을 때는 다시 자정 무렵이었다.

커튼부터 쳤다. 씻지도 않고 뻗었다. 때려죽여도 잠이 필요했다.

흐냐!

막 한잠 달콤하게 들려는데,

우어어!

아우웅!

잊고 있던 괴이한 소리가 귓전을 흔들었다. 살며시 눈을 떴다. 온 신경이 곤두섰다. 아무것도 보이지 않았다.

'신경과민인가?'

다시 잠을 청하는 승우. 그러나 그 소리는 우연이 아니었다.

우어엉!

에헤헷!

"아, 이런 쌍!"

짜증이 폭발하며 벌떡 일어섰다. 하지만 주변은 다시 침묵이다. 불빛조차 없다. 승우는 혹시나 싶어 오른손을 바라보았

다. 손목에 링이 보였다. 팔찌를 채운 듯 피어나는 시린 푸른
빛.

"너였냐? 범인?"

승우는 팔찌에 귀를 기울였다. 거기 있었다. 승우를 잠 못
들게 하던 소리. 통곡과 신음, 그리고 괴이한 외침과 발광이
뒤섞인.

"야, 너 뭐야? 진짜 귀신이야? 내가 너랑 너희 엄마 죽인 범
인 잡아줬잖아! 그러니까 당장 꺼지라고! 난 너한테 내 몸에
붙으라고 허락한 적 없거든!"

후우웅!

팔찌의 빛이 살랑살랑 떨렸다. 어쩐지 '그건 아니잖아' 하는
것처럼 보였다.

하긴 그건 아니었다. 승우가 범인을 잡은 건 아니었다. 범인
인 이강순을 죽인 건 민민의 엄마 뮤뮤였다. 승우는 뮤뮤 모
자를 단지에서 발견했을 뿐.

"아무튼 꺼져! 당장!"

승우는 악을 쓰고는 다시 자리에 누웠다.

우어엉!

우우웅!

소리는 그치지 않았다. 어쩌다 잠시 잠잠할 때 귀를 기울이
면 뇌를 울리는 듯 파고들었다.

"으아악!"

승우는 다시 일어났다.

"야, 너! 나와 봐! 나와 보라고!"

승우는 악을 썼다. 그러자 복도에서도 악 쓰는 소리가 들려
왔다.

"아, 어떤 개자식이 밤마다 발악이야? 잠 좀 자자, 잠 좀
자!"

"뭐 개자식? 어떤 겁대가리 상실한 놈이!"

발끈한 승우가 문을 박차고 나왔다. 하지만 더는 입을 열
수 없었다. 문을 빠끔히 열고 승우를 노려보는 사람이 한둘
이 아니었기 때문이다. 그나마 속옷 차림이 아니었기에 개 자
가 접두사로 붙는 망신은 면할 수 있었다.

귀신이 붙었다.

손목에 붙었다.

투명 팔찌 같은 형태로 붙었다.

승우는 칼을 들이대 보았다. 반응이 없었다. 제대로 보이기
라도 하면 어떻게든 끊어볼 텐데 보이지 않으니 어림짐작할
뿐이다.

이번에는 라이터를 들이댔다.

"앗, 뜨거!"

너무 가까이 댔나 보다. 살 타는 냄새가 코를 찔러왔다.

아무래도 평범한 방법으로는 안 될 것 같았다. 그렇다면 두 가지 합리적인 방안이 있다.

MRI나 CT로 촬영해 확인한 후 레이저 등으로 제거.

귀신이니 귀신 쫓는 방법으로 제거.

두 번째는 마음에 들지 않았다. 무당인 어머니에게 반감이 컸던 터라 이제 와서 그런 미신에 기대고 싶지 않았다.

승우는 그길로 응급실로 향했다. 어차피 잠자기는 글러먹은 밤. 당장 해결해야 직성이 풀릴 것 같았다.

물론 산뜻하게 119를 불러 몸을 뉘었다.

병원에 온 승우는 수련의를 상대하지 않았다.

"어이!"

"예?"

"당신 말고 외과과장이나 원장 오라고 해."

"예?"

"당신 혹시 흉선임파선 특이체질이라고 알아?"

"……?"

"나 가벼운 자극에도 골로 갈 수 있어. 주사나 심한 욕설을 들어도 그럴 수 있지. 그런데 당신이 나를 진료할 수 있어?"

승우는 수련의를 몰아붙였다. 흉선임파선 특이체질은 실

제로 존재하는 체질이었다. 따라서 승우가 한 말은 다 사실이다. 승우는 그걸 김혁이 뽑아둔 기록에서 읽었다.

이 체질은 위험했다. 자칫하면 목숨을 잃을 수도 있었다. 더 위험한 건 함께 있는 사람이 살인자의 오명을 쓸 수도 있었다.

"빨리 움직여. 자칫 시간 끌다 잘못되면 책임질 거야?"

승우는 초짜의 약점을 누구보다 잘 알고 느긋하게 다그쳤다.

"혹시 술 드셨습니까?"

반신반의하던 수련의가 묻자 승우는 그 얼굴에 새로 받은 신분증을 내밀었다.

현직 검사!

그렇다면 흰소리나 쏟아낼 위치가 아니었다.

첫새벽에 달려 나온 외과과장은 눈만 끔벅거렸다. 흉선임파선 특이체질. 그렇다면 외과과장이 달려 나올 일이 아니었다. 이건 내과가 감당할 질환이다.

그제야 승우는 본론을 말해주었다. 목적하던 귀신 붙은 팔목으로.

이때부터 외과과장도 멍 때리게 되었다. 환자가 이상이 있다고 우기는 오른쪽 팔목. 눈을 씻고 봐도 이상이 보이지 않았다. 심지어는 너무너무 건강한 대한민국 남자의 팔이었다.

"그냥 며칠 두고 보는 게 어떨까요?"

이미 수련의로부터 환자가 검사라는 정보를 접한 외과과 장. 좋은 게 좋다고 중용의 길을 제시했다.

"찍으시죠. 오른 손목에 뭔가 있습니다."

승우가 물러설 리 없었다.

"그럼 그냥 X—ray로……."

X—ray?

마음에 들지 않았다. 인류의 위대한 발견인 X—ray를 무시 하는 게 아니다. 하지만 승우 손목에 붙은 건 저 필요할 때만 보이는 빛 덩어리. 그러니 그걸로 해결될 거 같지가 않았다. 결국 승우의 주장이 먹혀 X—ray, CT, MRI의 종합 세트 응급 촬영이 결정되었다.

과정은 요란했지만 결과는 Normal. 쉽게 말해 정상으로 나왔다.

"이상이 없다고?"

외과 과장실로 불려간 승우는 미간부터 찡그렸다.

"X—ray도 보시다시피 정상, CT나 MRI도 별다른 소견이 없 습니다. 손목만 봐서는 군대 다시 가도 될 정도로 튼튼한데 요?"

"아니, 내 팔에 진짜 문제가 있다니까요."

"정 그러면 외과가 아니라 정신과로 진단을 받는 게 좋을 것 같습니다만."

정신 이상?

과장을 확 뭉개고 싶었지만 참았다. 그 시간에 다른 해결책을 찾아야 했다. 그러지 않으면 말라죽을 수도 있으니까.

승우는 바로 두 번째 해결책을 시도했다. 구속 수사 중인 우병길을 만난 것이다. 자정이 넘도록 조사를 받은 우병길은 잠깐 눈을 붙이다 불려오게 되었다.

"아음, 겨우 눈을 붙이던 참인데……."

퍽!

우병길이 하품을 하자 승우는 결재판으로 머리통부터 갈겨 버렸다. 조사실 안에는 단둘뿐이다.

"……?"

기가 질린 우병길은 뭐라고 항변도 못 하고 눈만 끔벅거렸다. 그도 이미 눈치를 까고 있었다. 승우가 이 안에서 갑이라는 것. 실력이 아니라 독특한 성질머리로 말이다.

"어디서 하품질이야? 너 같은 인간들 때문에 자고 싶어도 못 자는 판인데!"

"죄송합니다."

우병길은 꾸벅 고개를 숙였다.

"요즘 누가 제일 잘나가?"

승우는 핵심부터 물었다.

"뭐가요?"

"무당 말이야. 누가 제일 용하냐고."

"왜 그러시는데요?"

"잡설 달지 말고 대답이나 해!"

"그러니까 어떤 분야인지 말씀을 하셔야… 무당 전담검사시
라면서……."

"몸에 붙은 액귀 추방?"

"그런 거라면 저도 좀……."

퍽!

다시 결재판으로 스윙을 한 승우.

"한 번 더 장난하면 죽는다."

"……."

"있어, 없어?"

"아시면서 자꾸……."

우병길의 목소리가 기어들어 갔다. 자신이 없다는 뜻이다.

"없어?"

"뭐 한두 분 있기는 한데, 다들 심산유곡에 짱박혀 속세와
등졌고… 나머지는 대개가 말발인데… 솔직히 신점이다 굿이
다 부적이다 하지만 옛날처럼 신통력은 없지요. 요즘 무당들
이 옛날 무당들처럼 접신할 능력도 떨어지는 데다 대다수가

입과 눈치만 발달하는 바람에… 그러니까 그냥 인생 상담하고 마음을 안정시키는 역할로 이해하시면……."

"인생 상담?"

"아시겠지만 점 보러 오는 사람들, 다 자기 입으로 고민을 까발리지 않습니까? 대부분은 그냥 몇 마디 조언만 해줘도……."

"결론적으로 다 사기다?"

"사기라뇨. 그럴 때는 그냥 상담료로……. 뭐 기업 같은 곳도 컨설팅이라고 하잖아요."

픽!

"아, 진짜 그만 때리십쇼. 보아하니 나이도 어린 것 같은데……."

"왜, 꼽냐? 꼬워?"

승우가 다시 결재판을 집어 들자 우병길은 철통같은 방어 자세를 취했다.

"결론은 없다?"

"정 원하면 있기는 있습니다. 일인자라면 서울 양재동의 단양보살이 첫째이고, 그다음으로는 실력이 확 처지지만 저쪽 경상도에 한 분, 전라도에 한 분……."

"단양보살 공력이 얼마야?"

공력!

이는 무속인에게 와 있는 무속신들의 수준을 나타낸다. 이들이 선신급에 해당된다면 승우에게 달라붙은 귀신을 떼어낼 수도 있었다.

"그런데 그 양반들 다 굿거리에 더불어 부적 쓰자고 할 건데……. 단양보살 같은 경우에는 한 판에 1억 아니면 쳐다보지도 않을 겁니다."

"뭐, 얼마?"

"1억이요."

"에라, 이 날강도들아!"

다시 스윙을 날리려는데 오 부장이 지검장과 함께 들어섰다.

"부장님! 지검장님!"

승우는 결재판을 내려놓고 자리에서 일어섰다.

'이 꼰대들이 왜 또 새벽 댓바람부터.'

속으로는 그렇게 구시렁거렸지만 시계를 보니 이미 아침 여덟 시를 넘고 있었다.

"송 검사가 또 밤을 새웠구만?"

지검장이 말했다.

"요즘 송 검사 아니면 지검이 안 돌아갑니다."

오 부장이 그 옆에서 슬쩍 승우를 띄워주었다.

"역시 사람은 두고 봐야 진가를 알 수 있다니까. 송 검사가 이렇게 진국일 줄이야 누가 알았겠어?"

지검장은 승우의 어깨를 두어 번 두드리고 나갔다. 오 부장은 그 뒤를 따라 나가며 슬쩍 손을 들어주었다. 계속 수고하라는 뜻이다. 뒤를 이어 김혁과 조기호가 들어서자 승우도 우병길에게 압박 충만한 눈빛을 보내고 자리에서 일어났다.

"추가 조사 있었어?"

김혁이 물었다.

"갑자기 생각난 게 있어서 말이야."

"그럼 우리한테 말하지. 피곤해 죽겠다면서."

"피곤하니까 잠도 안 와서 말이야. 나온 김에 기자들 좀 만나고 쉴게. 변동 사항 없지?"

"그건 그렇고, 송 검사."

김혁이 승우를 창가로 끌었다.

"뭐, 무당 고증?"

낮은 속삭임을 들은 승우가 고개를 들었다.

"아직은 좀 성급하지만 만약을 위해서 말이야."

"만약이라니?"

"우병길, 조사해 봤더니 살인을 부정하는 진술 자체에는 신빙성이 있어. 아무래도 이강순 직접 살인은 저지르지 않은 것 같단 말이지. 게다가 국과수 부검 결과도 어느 정도 일치하는 면이 있고."

김혁은 심각하게 뒷말을 이어갔다.

"그런데 심문을 하다 보니 정신세계가 다소 심오해. 만약을 위해 정신질환 쪽도 체크하는 게 좋겠어."

"그러니까 김 검사도 영적 자살 쪽으로 쏠린다?"

"우병길이 살인 현장에 있던 건 사실이지만 범인이라기엔 증거가 자백밖에 없어. 사안과 정황으로 봐서 구속영장은 떨어질 것 같지만 그 후가 문제잖아? 이런 경우 상급심에서 말 바꾸면 우리가 무조건 패소야."

"아, 그렇다고 살인전문 김 검사까지 영적 살인으로 쏠리면 문젠데……"

승우는 내심 쾌재를 감추고 슬쩍 변죽을 울렸다. 김혁까지 이렇게 나오면 영적 살인으로 가도 큰 문제가 없을 것이다.

"내 경험상 여러 사안에 대한 대비책을 세워두자는 것뿐이야. 우병길의 진술은 다분히 무속적이지만 지금 이강순의 죽음은 무속이 아니면 설명하기 곤란한 점도 있긴 해. 안면 있는 법의학자들에게 부검 소견서 보냈더니 사람의 힘으로는 할 수 없는 일이라는 데 견해가 일치했어."

"그러니까 무속적 증언이나 견해를 확보해 두고 우병길의 정신 병력도 체크해 보자?"

"송 검사가 그쪽으로 빠삭하잖아? 다른 건 내가 마무리할 테니까 보험용으로 미리 대비하자고."

"아, 뭘 그런 걸 다……."

승우는 뒷목을 슬쩍 긁으며 의견을 받아들였다. 사실은 염두에 두고 있던 일. 그러니 어쩌면 아주 잘된 일이기도 했다.

조기호가 뽑아온 보도 자료를 들고 기자실에 들렀다. 기자들은 처음보다는 얌전해져 있었다. 때마침 다른 사건이 터졌기 때문이다.

〈연예인 누구누구 마약 복용 혐의로 구속〉

냄비 언론.

승우는 위가 배배 꼬이도록 비웃었다.

언제는 온 국민이 박수무당 살해 사건을 주목한다더니 그새 연예인 한 사람을 홀라당 벗기고 있었다. 그까짓 연예인이 뭐가 중요하단 말인가? 더구나 그는 죽지도 않았다. 몇 년 지나면 세인들의 기억에서 잊히고 다시 화면에 나와 궁둥이를 흔들어댈 인간인데.

덕분에 아침 브리핑은 아주 심플하게 때웠다. 조짐이 좋았다. 그간 검찰에서 쌓은 노하우에 의하면, 이제 현장검증 때 외에는 시달릴 일이 없을 것 같았다.

다음으로 사우나에 출근도장을 찍으려 했지만 그만 차에서 잠이 들고 말았다. 시동을 걸기 전, 피로가 밀려와 눈을 감은 게 원인이었다. 눈을 뜨니 점심때가 가까웠다.

우와!

행복했다.

세상에 잠이 사람을 이렇게 행복하게 만들 수 있을까?

지금까지는 전혀 모르던 일이다.

승우는 생각했다. 남자가 행복해지는 조건.

떼돈!

외제차!

절세미녀!

절대권력!

그런데 그 하찮은, 날마다 그저 눈을 감기만 하면 되던 잠이 이 모든 것 위에 설 수도 있다니.

'우훗!'

한잠 곤하게 자고 나자 머리 흔들림이 사라졌다. 약간의 두통과 짜증도 실종되었다. 정신과나 들먹이는 빌어먹을 돌팔이 의사보다 천 배는 나은 것 같았다.

"사건 때문에 무속전문가의 견해가 필요해서 나와 있어. 좀 늦을 테니 수사 계획표대로 수사하라고."

도로에 들어서며 잠든 사이에 들어온 몇 통의 전화에 대한 지시를 차도형에게 내렸다. 전에 없이 상큼 발랄한 목소리였다.

8장

리얼 빠라끌리또

하지만 단양보살을 만난 결과는 하나도 상쾌하지 못했다.

그녀는 60대의 할머니였다. 국수를 이용한 신점을 친다고
했다. 승우는 손목부터 체크해 달라고 했다. 그러나 무당은
승우의 지갑 체크를 원했다.

100만 원권 수표를 신단에 올려놓자 신점에 돌입했다. 귀
신이 붙은 자리를 알아내는 건 일도 아니라고 했다. 덩실덩실
춤이 시작되었다. 오색찬란한 옷 위에 걸친 하얀 면사포 같은
자락이 눈길을 끌었다. 승우는 쳐다보지 않았다.

엄마 생각이 났다.

참 미운 엄마.

지워 버리고 싶던 엄마.

그러나 지금은 마음 한편에서 그리움으로 변하고 있는 엄마.

벽을 보니 다양한 무신도가 보였다. 벼락장군과 오방장군, 대감, 각시신부터 여러 개였다. 승우는 각시신 그림을 바라보았다. 그때, 승우의 몸에 후두두 국수 쪼가리가 뿌려졌다.

"오호라, 내리셨도다. 우리 각시신이 신통력을 내리셨도다."

무당은 승우 앞에서 경중경중 뛰었다.

'뭐가 내렸다고?'

"네 이놈, 하늘에서 내린 국수를 보고도 절하지 않는 것이냐? 이 국수는 저 각시신께서 너를 가엾이 여겨 신기로 준 것이니 이제 네 몸에 있던 액귀는 지상의 한을 풀고 훨훨 도솔천으로 갔음이라. 어혜라!"

"······?"

"어허, 그래도 냉큼 절을 하지 않고!"

"그래서요? 내 몸 어디에 있던 액귀가 떠났단 말입니까? 그걸 알아야 절을 하든 말든······."

"어허, 이놈 보소. 감히 각시신의 영험하신 신통력에 토를 다는구나! 네 액귀는 그 망할 주둥아리에 붙었던 것이니 이제 시름일랑 다 내려놓고 살 것이야!"

"주둥아리?"

승우는 앉은 자리에서 눈을 치켜떴다.

"어허, 이놈이 어디서 눈을 치켜뜨고 지랄 난리란 말이냐?"

보살은 긴 도포 자락을 승우 얼굴 앞에다 휘두르며 호령했다.

"놀고 있네. 국수는 도포 자락에 숨겼다가 비는 척하면서 떨어뜨리는 거 다 봤고, 내 귀신은 손목에 붙었는데 뭐 주둥아리?"

"뭐, 뭣이라?"

"아줌마, 아니, 할머닌가? 그만하고 앉읍시다. 나 검찰청 검사예요."

승우는 신단에 올려둔 100만 원권 수표를 회수하고 신분증을 까 보였다.

"······?"

"앉으라니까요."

"검사님이 왜?"

단양보살은 돌변한 상황이 부담스러운지 목소리가 잦아들었다.

"거 남의 돈 벗겨먹으려면 제대로 좀 하세요. 이건 뭐 하나 맞히지도 못하면서."

"그게 아니라… 오늘은 워낙 우리 벼락장군님부터 각시님까지 다들 몸이 안 좋아서 신점을 안 보는 날인데 갑자기 부탁을 하길래……."

"그러니까 날 받아서 오면 제대로 볼 수 있다?"

"그, 그럼요."

"그럼 이거나 좀 보시죠."

승우는 단양보살 코앞에 오른 손목을 내밀었다.

"보여요?"

"뭐, 뭐가?"

"안 보이죠?"

"……."

"됐습니다. 박수무당 살해 사건 아시죠?"

"듣기는 했지요."

"그거 어떻게 생각합니까? 일부 무속인들은 영적 살인이거나 무속적 죽음이라고 하던데."

"에이, 검사님, 이제 보니 그거 물어보러 오셨군?"

단양보살은 능치는 실력이 보통이 아니었다. 그사이에 은근슬쩍 분위기를 돌리고 있었다.

"보살님!"

"알았습니다. 차 한잔하실까요? 단양에서 가져온 귀한 약초 발효액이 있는데."

"됐으니까 견해나 말해주세요."

"검사님이 그 사건 담당검사님인가요?"

"보살님!"

"알았어요, 알았다고요. 거 젊은 양반이라 그런지 성미가 되게 급하시네."

단양보살은 옷자락을 여미더니 징그러운 추파와 함께 견해를 밝혔다.

"가능하죠."

망설임이 없는 소리였다.

"어떻게요?"

"그거 옛날에는 흔했어요. 아니, 그보다 더한 일도 많았죠. 신체 절반을 흔적도 없이 자르기, 사람 장기만 쏙 뽑아내기, 뇌를 녹여 바보로 만들기, 심지어는 창자를 거꾸로 박아 입으로 똥 싸게 하기……."

"이봐요!"

"진짜라니까요. 절반이 베인 사람은 그것도 모르고 배꼽 힘으로 걸었다고 전한다고요. 물론 며칠 못 살고 죽기는 했지만."

"그런 게 영적 살인이라는 겁니까?"

"이름이 중요합니까, 우리 무신님들 능력이 중요한 거지? 눈으로 보이는 그런 건 아무것도 아니라고요. 여기 좀 봐. 이제 보니 검사님 귀신은 어깨에 붙어 있었네."

"이봐!"

듣고 있던 승우가 결국 인상을 긁었다.

"알았다고요. 아무튼 방송 나온 걸로 봐서는 무신의 노여움을 사서 죽은 게 맞아요. 그렇지 않다고 주장하는 사람들 나와서 설명해 보라고 해요. 현대의학이 사람을 그렇게 죽일 수 있어요? 사체에 외부 가해 흔적도 없다면서요?"

단양보살은 오히려 열을 올리기 시작했다.

"외계인은 할 수 있지요."

승우는 엉뚱한 답으로 응수해 버렸다.

"누구요?"

"외계인. 저기 멀리 안드로메다… 아니, 프록시마센타우리나 케플러 행성에 사는?"

"……?"

"아무튼 알았수다. 그래도 한 가지는 명심하세요. 순진한 사람들, 너무 많이 벗겨먹지 마시라는 거!"

승우는 그 말을 남기고 일어섰다. 몇 벌씩이나 껴입은 무복을 보고 있자니 마음이 갑갑해서 견딜 수가 없었다.

머니머니머니닝!

그냥 퇴근할 생각이었다. 그런데 전화기가 거푸 울렸다. 차도형이었다. 처음에는 받지 않았다. 그러다 결국 받게 되었다.

이 인간이라면 집으로 찾아올 수도 있었다.

"왜?"

승우는 한마디로 전화를 받았다.

─어디 계세요?

"용건이나 말해. 퇴근 중이야."

─술집은 아니죠?

"차 수사관!"

─지금 지검으로 좀 오셔야겠습니다.

"왜? 또 일 터졌어?"

─그렇다고 봐야죠.

"무슨 일인데? 그냥 김 검사나 조 검사한테 말해서 처리해. 나 피로 때문에 돌아가시기 일보 직전이라고."

─약속하셨다면서요?

"무슨 약속?"

─미얀마 아가씨 말입니다. 조사 다 끝나서 내보내려 했더니 검사님 보기 전에는 안 나간답니다.

"……?"

─문제가 또 있는 거 아시죠?

"또 뭐?"

─이 아가씨 비행기 표는 어떻게 하실 겁니까?

"그걸 왜 나한테 묻는데?"

—미얀마 가려는 거 공항에서 데려왔잖습니까? 항공사에 알아봤더니 이미 발권이 된 거라 스케줄 변경이 불가능하답니다.

"그러니까 그걸 왜 나한테 얘기하는데?"

—검사님 스폰서 많잖습니까? 이럴 때 인심 한번 쓰세요. 그렇잖아도 사건에 도움이 많이 된 아가씨인데.

"이봐, 차 수사관!"

—기왕이면 서둘러 주세요.

"이봐! 이봐!"

차도형의 전화는 그렇게 끊겼다.

"아, 진짜… 사람 열 받게 만드네. 내가 무슨 자선사업가야? 사건 해결 때문에 일어난 일인데, 이런 건 대한민국 정부에서 부담해야 하는 거 아니야?"

니미럴!

욕이 저절로 나왔다. 빠라는 저절로 생기는 줄 아나? 막말로 니들이 빠라 개척하는 데 뭐 보태준 거 있어? 한참을 구시렁거리다 돌연 정신이 퍼뜩 드는 승우.

표표!

미얀마 여자, 뮤뮤의 하녀.

동시에 민민의 혼을 알아본 여자.

'오 마이 갓!'

승우는 허공에 대고 손가락을 따악 튕겼다.

세상에, 길은 가까이 있었다. 그녀라면 알 것 같았다. 손목에 붙어 자정마다 괴이한 소리를 짜내는 민민의 혼을 어떻게 하면 떼어낼 수 있는지. 그걸 알아낼 수 있다면 그까짓 비행기 표는 일도 아니었다.

'어차피 내 돈도 아닌데 기왕이면 비즈니스석?'

승우는 마음에 드는 빠라의 전화번호 하나를 터치했다. 미얀마까지 비즈니스석이라 해봐야 수백만 원 정도. 협찬해 줄 사람을 찾는 건 일도 아니었다.

표표는 조사실에 있었다. 너무나 오래 있었다.

사실은 검찰 수사상 명백한 규정 위반이다.

그러나 상관없었다. 모든 수사를 규정 안에서만 진행할 수는 없었다. 특히 승우의 경우는 아주 자주 그랬다.

"들어가시죠."

복도에서 차도형이 문을 열어주었다.

딸깍!

문이 열리자 표표가 고개를 들었다. 전등이 환한데도 왠지 모르게 어두운 느낌이 들었다. 승우는 천천히 걸어가 표표의 앞에 앉았다. 그때까지도 표표의 눈은 한 번도 깜빡이지 않았다. 문득 그런 생각이 밀려왔다. 이 여자가 무당을 하면 제대로 하겠다는.

생각이 꼬리를 물었다. 이런 여자가 주인으로 삼은 뮤뮤라
는 여자, 그런 여자가 무당이라면 함부로 지분거리지도 못하
겠다는.

그런 뮤뮤의 할아버지, 미얀마의 대표적인 낫꺼도였다는 그
의 신통력은 어느 정도였을까? 거기까지 생각하다 퍼뜩 고개
를 저었다.

'내가 지금 무슨 생각을 하는 거야?'

승우는 다시 검사로 돌아왔다. 남들이 말하는 양털검이자
개막검 송승우로.

"나를 보자고 했다고?"

승우가 묻자 표표는 고개를 끄덕거렸다. 아직도 눈을 깜빡
이지 않았다. 승우는 슬슬 오기가 발동하기 시작했다.

"약속을 지키라고 했다고?"

"네."

네?

이 여자는 어디서 이렇게 한국말을 제대로 배웠을까? 말에
실린 절도가 한국 사람은 저리 가라였다.

"약속 못 지켜."

"왜죠?"

"검은 저울, 하얀 저울, 그거 사기야."

"네?"

"새빨간 사기라고? 보이긴 뭐가 보인다는 거야?"

"당신, 거짓말을 하고 있군요."

"뭐야?"

"약속 안 지키면 당신 죽어요."

"뭐? 너 지금 뭐라고 그랬어?"

"죽어. 다이!"

표표는 섬뜩한 눈빛으로 자기 목을 긋는 시늉을 해 보였다.

"아이고, 이제는 미얀마 여자까지 대한민국 검사를 우습게 보네? 내가 다이하기 전에 네가 다이!"

승우는 같은 손짓으로 응수했다.

"나 거짓말 아니에요. 당신에겐 민민의 혼이 붙어 있으니까."

"옳지. 아가씨, 말 한번 잘했다. 이거 어떻게 떼어내? 얘가 나한테 왜 붙어 있는데? 그리고 나 잠 못 자게 괴롭히는 거 맞지? 왜? 왜? 왜?"

승우가 목청을 높이자 조사실 문이 열렸다. 차도형이었다.

"거 아무 때나 문 좀 불쑥 열지 마. 나 지금 이 아가씨랑 진지한 얘기 중이거든."

"죄송합니다. 또 사고 치시는 줄 알고."

"차 수사관!"

승우의 고함은 문 닫는 소리에 묻혀 버렸다.

"말해봐. 왜? Why? 미얀마어로 할까?"

승우는 다시 표토에게 집중했다.

"좋아요. 당신 하나도 좋은 사람 아닌 거 같지만, 이제 어차피 민민과 엮여 그 혼을 맡은 사람. 나는 당신의 도움이 필요하고, 당신 살려면… 내 도움 필요해요."

"어쭈, 이제 협박까지?"

"협박 아니에요."

"오냐, 뭐든 일단 듣고 보자."

승우는 의자를 당겨 등받이를 앞으로 안고 앉았다.

"민민, 뮤뮤 아씨의 염원으로 그 혼이 악령이 되는 건 막았다고 말했죠? 하지만 이미 검은 코끼리의 사슬에 눌렸기 때문에 바로 하늘로 갈 수 없어요."

"그래서?"

"49일이 될지 1년이 될지, 혹은 3년이 될지는 나도 몰라요. 내가 아는 건 그때까지는 당신의 손목에 있을 거라는 거."

"뭐? 최장 3년?"

승우의 눈이 뒤집어지기 일보 직전까지 치달았다.

"당신이 선택할 수 있는 방법은 두 가지예요. 오른팔을 잘라내든지, 아니면 민민 도련님과 공생하든지."

"공생이라니? 내가 무슨 기생충이야? 곤충이야? 귀신의 숙주야?"

"운명이에요. 당신이 민민 도련님을 받아들인 운명."

"내가? 내가 이 혼을 받아들였다고?"

"네!"

"아, 무슨 구라도 이런 개구라를. 야, 내가 미쳤다고 귀신을 받아들이냐? 나, 우리 엄마가 무당인 것만 해도 지긋지긋한 사람이라고."

"질문이 하나 더 있었죠? 왜 당신을 잠 못 자게 괴롭히느냐고."

"오, 생긴 건 안 그런데 머리 하나는 쓸 만하네?"

"맞아요. 나 그렇게 똑똑한 사람 아니에요. 하지만 당신도 목숨을 바치고 싶은 주인이 있으면 나처럼 될 수 있어요."

표표, 처음으로 눈을 깜박였다. 그리고 그 눈에서 눈물이 왈칵 떨어졌다.

목숨을 바치고 싶은 주인.

그 말에는 승우도 토를 달지 못했다. 그녀는 매사 비장하고 진지했다. 주인에 대한 숭고한 충성심. 그건 허튼 말로 눌러 버릴 수 있는 게 아니었다.

"알았으니까 계속해 봐. 왜 나를 못 자게 괴롭히는데?"

승우의 목소리가 조금 낮아졌다.

"민민은 세상의 선을 유지하는 균형과 조화의 성품을 지녔어요. 원래 전생에서도 선량한 혼을 다스리던 신이었으니까요."

"아아, 미얀마 무속 전설로 디테일하게 옮겨가는 건 사절. 코리아 무속만 해도 골치 아프거든."

"그럼 당신이 직접 물어보세요. 어차피 이제는 당신 운명이니까."

운명?

내 운명이라고?

승우는 어이를 상실한 얼굴이 되었다.

"어떻게 물어보는데?"

승우는 표표를 노려보았다. 그러자 표표는 가늘고 긴 머리카락을 하나 뽑아들었다.

"민민 도련님은 아신 마웅님의 도움으로 뽀빠산의 정기를 받은 몸. 뽀빠산에는 고귀한 황금 돌탑 짜익티요가 있어요. 그 돌탑은 금세라도 굴러 내릴 듯 위태로워 보이지만 태풍에도 끄떡하지 않아요. 바로 이것 때문이죠."

"머리카락?"

"부처님의 머리카락. 민민이 태어날 때 위대한 낫꺼도이신 할아버지께서 그 축복을 내렸으니 언제든 어둠이 내리거든, 밤이 오거든 당신이 그를 보길 원할 때 머리카락을 뽑아 손목에 흘리면 이 삶과 저 삶의 균형이 틈을 내어 응답할 거예요."

"그럼 지금도 응답하겠군. 밤이니까."

"물론이죠."

"불을 꺼야 하나?"

"그럼 더 좋죠."

"좋아, 이거 해보고 안 되면 유 다이. 알았어?"

승우는 으름장을 놓고서 머리카락을 뽑았다.

아야!

아팠다. 머리카락 하나 뽑는데 뭐가 이렇게 따갑단 말인가? 승우는 소등하고 커튼까지 내렸다. 그런 다음 표표의 눈동자가 지켜보는 가운데 머리카락을 오른 손목에 놓았다.

후웅!

문득 어디선가 더운 바람 한 줄기가 불어왔다. 그 바람에 이어 손목 위에서 빛이 생성되기 시작했다. 시리고 푸른빛을 시작으로 노랑을 지나 빨강까지 이어지던 빛은 작고 아련한 황금빛 궤적이 되더니 손목에서 풀어져 나왔다.

아아!

승우는 보았다. 그 아이, 엄마 품에 안긴 듯 발견된 미얀마 꼬마 민민. 그가 또다시 핸드폰만 한 크기로 승우 눈앞에 둥실 떠 있었다.

"밍글라바!"

소리.

햇살 같은 소리가 심장을 타고 건너왔다.

밍글라바!

두근!

단 한 마디에 승우의 심장이 반응하기 시작했다. 그건 설렘이었다. 맑음이었다. 귀에 들리는 소리는 아니었지만 승우의 마음을 정통으로 꿰뚫는 느낌만은 명백했다.

'뭐야, 이런 느낌은?'

어린 시절, 첫사랑의 순수를 잃은 후로 한 번도 느껴보지 못한 맑은 마음. 그게 너무나 생경해 승우는 숨도 제대로 쉬지 못했다.

"안녕하세요."

소리는 이번에는 한국말로 이어졌다.

승우는 홀린 듯 손을 내밀어 꼬마를 쥐었다. 손 안에 빛이 잡혔다. 온몸의 세포가 정갈하게 맑아지는 것 같았다. 시원한 바람으로 혼의 오염을 씻어내는 듯. 꼬마는 손샅으로 나와 또다시 형체를 이루었다. 금빛 꼬마 요정처럼 또렷한 형체. 간단히 말하면 금빛 귀신이지만 느낌은 아주 달랐다.

"지난번에는 그냥 나른한 빛이었던 것 같은데……."

"그때는 정식으로 혼을 불러낸 게 아니니까요."

"이거 너도 보이나?"

승우가 표표를 바라보았다.

"아뇨. 민민을 보는 건 이제 오직 당신밖에……."

표표의 눈에서 소리 없는 눈물이 흘러내렸다.

승우는 차마 믿기지 않는 이 광경에 눈을 감지 못했다.

민민!

그 빛은 태초의 순수 선(善)이었다. 그 원초였다. 나아가 오염의 여과이자 정화였다. 빛을 바라보는 것만으로도 승우는 마음의 때가 훌훌 씻겨가는 것 같았다. 뭉클했다. 그러면서 아렸다. 어린 날 한없이 순수하던 느낌이 거기 있었다. 민민, 민민의 하늘거림 속에.

"당신을 선택한 건……."

민민, 마침내 하르르 빛을 흔들며 승우의 의문에 답을 하기 시작했다.

"엄마였어요."

엄마!

뮤뮤다.

육체적으로 이미 죽어 있던 그녀. 그녀가 어떻게 승우를?

"네 엄마는 그 전에 죽은 걸로 아는데?"

승우는 어정쩡하게 선 채 집중했다. 조사실 안에서 누리던 오만한 갑의 자세, 그건 간곳없었다.

"죽었죠."

민민이 승우의 코앞까지 올라와 대답했다.

"그런데 어떻게?"

"정신… 엄마의 영력은 그때까지 죽지 않았으니까."

"어떻게?"

"나를 위해서요. 엄마는 위대한 낫꺼도의 후에. 누군가를 위해 간절한 마음을 가지면… 그런 마음으로 육체의 힘을 정신에 몰아넣으면 몸은 죽어도 정신은 살 수 있어요. 죽은 몸을 정신이 움직일 수 있어요."

"으음……."

믿을 수 없는 이야기지만 부정할 수 없었다. 그런 느낌이 아니었다.

"엄마는 당신과 첫 대면했을 때까지 살아 있었어요. 육체가 아니라 정신으로. 그러나 육체만 가진 사람보다 더 강한 염원으로."

"……."

"그 염원이 당신을 끌어당겼어요."

"나?"

승우가 고개를 들었다. 틀린 말은 아니었다. 그날 그 지하실, 내려가고 싶은 마음은 없었다. 하지만 발을 딛고 말았다. 지금 생각해 보면 그건 뭔가에 끌린 것이었다. 보이지 않는 유

혹이나 힘에 의해.

"엄마는… 당신을 기다렸어요."

민민이 아련하게 말을 이었다.

"말도 안 돼. 나를 어떻게 알고?"

"엄마의 피… 당신의 피… 엄마는 알 수 있어요. 당신이 낫꺼도의 피가 있는지 없는지."

"……."

"마지막 영력으로 버티며 당신을 불렀어요. 나를 당신의 몸에 붙여주기 위해……."

"잠깐!"

민민의 말을 막은 승우, 다시 그날로 기억을 되감았다.

'그 아련한 빛, 그리고… 다른 빛을 막아버리고 길을 터준 그 빛.'

"후우!"

한숨이 나왔다. 민민의 말은 아귀가 딱 맞았다. 그날 분명히 이상한 작용이 있었다. 민민의 빛을 승우에게 연결하려는 보이지 않는 힘이 있었다.

"거기 있던 다른 악령들이 서로 당신에게 빌붙으려 할 때 엄마가 마지막 힘을 다해 나를 밀었어요. 당신의 손목 위로."

"낫꺼도의 피라는 건 무당의 피를 말하는 건가?"

"네. 이 세상에 흐르는 또 하나의 신기한 기운 샤머니즘. 그

기운이 감도는 피."

"꼭 그래야 하는 이유가 있나?"

"낮꺼도의 피가 아니면 영(靈)이 붙을 수 없어요. 설령 붙는다고 해도 그 사람이 오래 버티지 못하고 죽을 테니 그 영도 머잖아 시들게 되거든요."

"말하자면 공생관계가 불가능하다?"

"네."

"그럼 네 엄마가 너를 나에게 붙여둔 목적이 뭐야?"

"목적?"

민민이 파르르 움직였다.

"그래, 대저 만물의 행동에는 목적이 있는 법."

"모성이죠."

민민은 한마디로 대답했다.

"모성?"

"내가 악령이 되었잖아요? 지금대로라면 지상에서 슬프고 음산한 기운으로 떠돌며 살아야 해요. 산 것도 아니고 죽은 것도 아닌, 그러면서 쓸모없는 슬픔과 저주의 느낌으로. 그러다 언젠가는 소멸되어 가겠죠."

"나한테 붙으면 뭐가 달라지나?"

"숙주가 선행을 쌓으면 그 기운이 내게 쌓여 악령에서 풀려나 하늘로 갈 수 있어요. 그럼 다음 생을 기약할 수 있잖아요."

"뭐, 선행?"

"네!"

민민의 목소리. 아까와는 달리 힘이 배어나왔다.

"그럼 사람 잘못 골랐다. 나 절대 착한 인간 아니거든."

승우는 잘라 말했다.

대한민국 검찰 조직 역사상 최고의 뺀질이에다 기소보다
비리나 향응 쪽에 더 관심이 많은 승우이다. 그러니 민민의
선택은 확실하게 빗나간 게 맞았다.

"아뇨, 엄마는 틀리지 않아요. 절대!"

대답하는 민민도 지지 않았다. 그 목소리 또한 승우의 그것
처럼 확신에 차 있었다.

"네 엄마가 뭘 알아? 낫꺼도인지 뭔지 아무튼 신기하긴 하
다만, 내가 나쁜 놈인 건 하느님도 알고 부처님도 다 알아. 그
러니 번지수 잘못 짚었다고."

"엄마는 마지막 혼을 걸고 당신을 선택했어요. 그런데 당신
같으면 틀리겠어요?"

'응?'

그 말은 또 일리가 있었다. 사악한 힘에 맞서 일대 성전까
지 불사하면서 자식의 혼을 구해낸 뮤뮤. 그러니 그냥 웃어넘
기기엔 목뼈에 걸리는 게 있었다.

"엄마가 당신에게 선물을 주고 갔어요. 나를 잘 보살펴서 하늘로 보내달라는. 어쩌면 당신은 싫어할지도 모르지만……."

"선물? 내가 받은 건 골치 아픈 사건… 응?"

거기까지 말하던 승우가 말을 멈췄다.

선물! 선물?

선물까지는 아니지만 있긴 있었다. 민민이 승우의 손목에 감긴 이후로 날마다 일어나는 새로운 일, 바로 지독한 불면이다.

"그럼 혹시 내가 잠을 못 자는 게?"

승우가 바라보자 민민은 가만히 고개를 끄덕였다.

"뭐야? 그게 네 엄마의 선물?"

"나를 보살펴 달라고 주고 간 선물. 당신 일생일대의 축복이죠."

"무슨 헛소리야? 잠 못 자는 게 축복이라니?"

승우의 목소리가 바락 올라갔다.

"그냥 못 자는 건 아니에요. 당신이 나쁜 짓을 할 때만 못 자요. 손오공 아시죠? 그 손오공의 머리에 채워진 금고리 긴고주처럼. 그러니 한 번은 잘 잘 기회가 있었을 거예요."

"손오공의 긴고주?"

생각이 났다. 천방지축 날뛰지만 언제나 긴고주의 고통 때문에 똥고집을 버리고 삼장법사를 도와야 했던 손오공. 승우는 자신도 모르게 손목을 더듬었다.

보이지도 만져지지도 않지만 긴고주처럼 뭔가가 손목에 붙은 것만은 확실한 상황.

"웃기지 마라. 네가 손목에 감긴 이후로 제대로 잔 적이 한 번도 없어."

"아뇨. 한 번은 있었다니까요."

민민은 기다렸다는 듯이 명쾌하게 말을 받았다.

"한 번?"

"잘 생각해 보세요."

민민은 하르르 날아올라 승우의 머리 위에서 나풀거렸다.

'한 번?'

대체 언제?

자정이 되면 기괴한 소리가 정신과 살을 떨게 했고, 그 소리는 동이 틀 때까지 이어졌다. 덕분에 지각도 도맡았다. 덕분에 녹초가 되어 미칠 것 같았다. 그나마 한 번이라면…….

"……?"

있긴 있었다.

그러니까 표표에게 이 모든 정황을 듣게 되던 날. 그때는 자정에 기괴한 소리가 들리지 않았다.

"그럼 그날이?"

"짚이는 게 있으면 잘 생각해 보세요. 그날 당신은 분명 착한 일을 했을 거예요."

'착한 일?'

승우는 빠르게 과거로 돌아갔다. 기획부동산을 하는 빠라에게 거한 일식을 대접 받고 초밥을 사서 돌아가던 길, 그 길에서 만난 노숙자 모자, 그때 건네준 초밥 도시락 두 개.

"맙소사! 그럼 그것 때문에?"

"아신 것 같네요."

"그럼 뭐야? 앞으로도 선행을 하지 않으면 잠을 못 잔다는 건가?"

"네!"

민민은 한마디로 대답했다.

"말도 안 돼. 왜 남의 몸에 마음대로 붙어서 너희들 마음대로 하는 건데?"

"그게 당신 운명이니까요."

"운명?"

"이미 벌어진 일이에요. 받아들이세요."

"닥쳐! 내가 무슨 수를 쓰더라도 너를 떼어내고 말 거야!"

승우가 발끈했다.

"방법은 표표가 말해주었죠? 나를 원치 않으면 당신 팔을 자르면 돼요. 그런 다음에 잘린 부위에 붉은 끈과 푸른 끈을

교차해 묶고 다니면 내가 다시 붙지 않을 거예요."

민민은 친절하게도 미얀마식 액막이까지 설명해 주었다.

"……!"

승우는 오른팔을 바라보았다. 이걸 뚝 잘라낸다면? 승우의 상상 위로 뭉텅 잘려 나간 팔목이 그려졌다. 그런 사건도 보았다. 팔뿐만 아니라 다리, 심지어는 상하가 분리된 사체를.

"우억!"

잊었던 오바이트가 한순간에 쏠려왔다.

민민은 사뿐 날아올라 허공에서 하늘거렸다. 뭐라 묻지도 재촉하지도 않았다.

한 팔이 없는 송승우.

그건 생각할 수도 없는 일이었다.

그렇다면 남은 건 불면이었다.

밤 열두 시.

불면, 그 미쳐 돌 것만 같은 환청과 기괴한 기분. 며칠을 참기도 힘든데 한 달, 일 년이 이어진다면?

'크헉!'

승우는 미친 듯이 고개를 저었다. 피골이 상접해 죽을 거라는 결론은 너무나 쉽게 내려졌다. 그게 아니라면 미쳐 정신병원행.

팔을 자를 수도, 불면을 맞을 수도 없었다.

그렇게 되니 남은 결론은 하나뿐이었다. 이 말도 안 되는 현실을 인정하는 것.

"좋아, 그럼 몇 가지만 더 물어보자."

"네!"

"네가 나한테 붙어 있으면 다른 해코지는 안 하냐? 이를테면 나를 조종한다든가……."

"안 해요. 당신이 원치 않으면 나는 보이지도, 말하지도, 움직이지도 않을 테니까요."

"내가 나쁜 짓만 안 하면?"

"네. 엄마가 원하는 건 내가 악령에서 벗어나 하늘로 가는 거지 아저씨에게 해코지하는 게 아니니까요."

"미안하지만 아저씨 아니거든."

"……."

"그럼 네가 나한테 붙어 있어서 이로운 점은 뭐냐?"

승우는 손익계산서를 제대로 튕겼다.

"나는 기본적으로 혼이에요. 아저씨의 일상에 물리적으로 관여하지 못해요. 심부름 같은 것도 할 수 없어요."

"그럼 그냥 기생충이네. 여차하면 숙주에게 해나 입히는."

"대신 이런 건 가능해요. 아저씨가 원하면 주변의 귀신이나 악령을 찾아내는 것, 그리고 그걸 없애는 걸 돕는 것."

"미쳤냐? 악령을 찾아서 뭐 하게?"

승우가 목소리를 높였다.

"다른 데서야 별 쓸모가 없겠지만 아저씨처럼 사건을 다루는 경찰이라면 쓸모가 있을 수도 있어요. 혼을 다루는 저울에서 느끼셨잖아요?"

"……?"

승우의 숨소리가 멈췄다.

박수무당 사건 현장!

그건 정말 기가 막힌 일이었다. 만약 미궁에 빠진 사건을 그런 식으로 볼 수 있다면? 혹은 귀신이나 혼이라고 해도 살인 현장, 혹은 범죄 현장의 증언을 들을 수만 있다면?

"진짜 그런 게 가능하냐?"

"그곳에 귀신이나 혼이 있었다면 가능해요. 경우에 따라서는 시간이 걸릴 수도 있고, 또 힘이 들 수도 있겠지만."

"진짜?"

"네, 다만 어둠이 내려야 해요. 훤한 대낮에는 장담하지 못해요."

"뻥 아니지?"

"증명해 드려요?"

"어떻게?"

"저 벽."

민민이 벽을 향해 돌아섰다.

"악령이 있어요. 벽 안에 갇힌 악령. 17년 전 이 건물 지을 때 죽은 중국인 노동자예요. 동료들끼리 다투다가 두 명이 죽었어요. 그리고 레미콘을 붓는 날 함께 부어버렸어요."

"지금 장난하냐?"

"그럼 다른 걸로 할까요? 아저씨랑 같이 일하는 김 검사 아저씨, 저번 날 밤에 어떤 사람이 투신한 옥상에 갔었죠? 거기서도 혼령을 봤어요. 8년 전에 뛰어내려 죽은 여학생 혼령과 떠돌이 혼령. 사건의 진실이 궁금하면… 거기 있는 혼령들이라면 모든 걸 봤을 수도 있어요."

"……!"

승우는 두 번째 말에는 마음이 격하게 끌렸다. 정말일까? 사건 현장을 본 목격자. 그게 혼이면 어떻고 귀신이면 어떠랴. 목격자가 있다면 범인을 잡는 건 시간문제다. 더구나 초대형 사건에 속하는 재벌의 투신자살. 김혁도 쩔쩔매는 판이니 사건을 정확히 알 수 있다면 지검을 뒤집을 만한 일이었다.

"일단 가보자!"

승우는 누가 말릴 사이도 없이 일어섰다.

끼이이!

빌딩 옥상의 문이 긴 신음 소리를 내며 열렸다.

"담당 검사님이 바뀐 건가요?"

문을 따준 경비가 물었다.

"아, 그 친구는 내 밑이에요."

승우가 목에 힘을 주어 말했다.

"어이구, 여긴 낮에 와도 뒤숭숭한데……."

경비는 입맛을 다시며 돌아섰다.

"잠깐만요."

"왜요?"

경비가 뒤돌아보았다.

"여기 근무한 지 얼마나 됐어요?"

"15년 차요. 그건 왜요?"

"그럼 몇 년 전에 여학생 투신한 것도 아시겠네?"

"히익!"

승우의 말을 들은 경비원이 질겁하며 소스라쳤다.

"그, 그 사건이 이번 사건과 연관이 있는 건가요?"

경비는 그렇잖아도 굽은 몸을 잔뜩 움츠렸다.

"몇 년 전인지 기억하나요?"

"그게… 아마 8년 전이죠? 옥상 문 걸어 잠그기 시작한 것
도 그때부터……."

"왜 죽었어요?"

"말해야 하나요?"

경비가 눈치를 보며 물었다.

"해보세요."

슬쩍 압박의 강도를 높이는 승우.

"그게… 나도 들은 얘기지만… 그 아이가 고2였는데 야간을 다녔죠, 아마? 그러면서 우리 기획이사님실 사환으로 있던 모양인데… 거기 이사님이 그 아이를… 그래서 임신을 했다는 소문이… 그런데 이사님이 그게 밝혀지면 곤란할까 봐 학생을 그만두라고 하고 냉대하니까, 그 아이가……."

"그럼 임신 상태에서 죽었다는 건가요?"

"자세한 건 모릅니다. 그 여학생이 부모가 없어서 늙은 할머니랑 살았는데… 당시 경찰이 자살로 해서 사건을 끝내고 소문은 나중에 이사님이 정부 기관으로 영전한 후에 시달림을 당한 사람들을 중심으로 새록새록 루머처럼 퍼진 거라 근거도 없고……."

"됐으니까 그만 내려가 보세요!"

"그 말은 비밀입니다. 아직도 회사에 그 이사님 인맥이 있어서 나 같은 거 모가지 날아가는 건……."

"알았다고요."

"그럼 수고하세요!"

경비는 허리를 조아리고 옥상을 내려갔다.

휘이잉!

음산한 바람 한 줄기가 승우의 머리카락을 쓸고 갔다. 바람이 비렸다. 물곰팡이 냄새가 배어 있다. 냉각탑 때문인 모양이다. 어둠 속에 떡하니 버티고 선 그놈이 옥상 분위기를 제대로 망치고 있었다.

"민민."

승우가 팔뚝을 보며 말했다.

"나와 봐라."

민민은 반응하지 않았다. 그러다 머리카락이 나부끼자 표표의 말이 떠올랐다.

머리카락.

성가신 일이었지만 여기까지 와서 따르지 않을 수도 없었다.

뽁!

따끔했다.

그걸 오른 손목 위에 떨어뜨렸다. 머리카락이 손목에 닿는 게 느껴지기 무섭게 손목에 푸른빛이 맺히기 시작했다.

"밍글라바!"

민민이 나왔다. 아까처럼 맑고 선한 빛이었다. 승우는 입맛을 다셨다. 볼 때마다 마음이 아리는 민민. 그 또한 성가신 일에 다름 아니었다.

"됐고, 그 여학생 귀신이나 찾아봐라. 아니면 다른 혼령이든지."

"이미 여기 있어요."

"어디?"

승우가 돌아보았다. 하지만 보이는 건 어둠과 그 뒤로 펼쳐진 도시의 야경뿐이었다.

"아저씨 뒤에."

"장난하냐?"

"장난 아니에요. 자기 아기를 안고 서 있잖아요."

민민이 하늘거리며 승우의 뒤를 맴돌았다. 하지만 승우의 눈에는 여전히 어둠뿐이었다.

"이런 식으로 날 속이려고?"

승우의 성질머리가 발딱 고개를 들었다.

"하는 수 없네요. 잠깐 보이게 할 테니까 집중하세요."

민민이 제자리에 멈추더니 잠시 움직이지 않았다. 그러다 돌연 후끈 빛 무리를 터뜨리는 민민.

"……!"

승우는 어쩐지 등뼈가 서늘해지는 것 같았다. 뿐만 아니라 이유 없이 오금이 떨렸다. 저 먼 야경까지도 창백하게 변했다. 순간 승우는 보았다. 피떡이 되어 산발한 여학생이 새하얀 갓난아기를 안고 서 있는 모습을.

"으헉!"

승우는 신음을 내며 물러섰다. 공포와 두려움이 고스란히 느껴지는 여학생, 그에 비해 너무나 깨끗한 아기. 두 극한의 대조되는 모습은 공포를 증폭시키기에 충분했다.

하지만 여학생의 혼은 바로 희미해지기 시작했다.

"사라졌잖아?"

승우가 주변을 두리번거렸다.

"네!"

"그냥 보내면 어떡해? 뭐 본 게 있는지 물어봐야지?"

"그러자면 아이라비타나 발루가 필요해요."

"아이라비타와 발루?"

"아저씨가 가지고 있는 흰 저울과 검은 저울의 코끼리 추요."

"허얼, 그럼 진작 말을 했어야지?"

"말할 기회를 안 줬잖아요."

"……"

어린 혼과 싸울 때가 아니었다. 승우는 당장 달려가 저울 추를 가지고 왔다. 그걸 본 경비가 고개를 갸웃거렸지만 상대하지 않았다.

"이제 됐어?"

"네!"

다시 옥상 냉각탑 앞에서 민민의 불빛이 하늘거렸다.

"흰 코끼리를 꺼내세요."

"둘 다가 아니고?"

"발루를 꺼내면 겁을 먹고 도망칠지도 몰라요."

"복잡하네."

승우는 흰 저울추를 꺼냈다.

하얀 코끼리.

그 코끼리의 몸에서 온화한 흰빛이 터져 나갔다.

그러자 놀라운 일이 벌어졌다. 승우 앞에 선 여학생과 아기 혼령이 선명하게 드러난 것이다. 여학생의 몰골이 선명해지자 승우의 머리카락이 우수수 일어섰다. 제멋대로 부서진 골격과 피떡이 된 모습. 흡사 방금 추락사한 모습 같아 피비린내가 나는 것만 같았다.

그런 혼령의 품에 안겨 생글거리는 새하얀 아기. 마치 악마의 품에 안긴 천사 같아 보여 오장육부에 서늘함이 맺혀왔다.

"이제 물어보세요."

"내가 직접? 귀신에게?"

"이 일이 궁금한 건 아저씨예요. 난 뭘 물어봐야 하는지도 모르고."

"그런데… 저 귀신이 내 말을 알아듣기는 하는 거냐?"

승우는 말을 하면서도 민민 몰래 호흡을 가다듬었다. 졸았다는 것을 들키기는 싫었다.

"내가 매개체예요. 그러니 걱정하지 마세요."

"좋아. 흠흠."

침착한 척 목청을 가다듬은 승우가 여학생을 바라보았다.

"어이, 학생. 아니, 귀신."

[……]

"나 검찰청 송승우 검사야. 검사 알지?"

목소리에 힘을 주었다. 승우의 신분은 무려 검사. 혼령 따위에게 졸고 싶지는 않았다.

[……]

"여기서 안타깝게 죽었다며? 그건 안된 일이고… 얼마 전에 여기서 사업가 한 사람이 떨어졌잖아? 혹시 그 사건 봤어?"

[네.]

여학생이 처음으로 입을 열었다. 쇳소리와 메아리를 비트는 소리가 뒤섞인 흐느낌 같은 소리였다. 승우는 입술을 질끈 물었다. 조폭들도 데리고 노는 승우. 그런데도 뼈를 비틀고 심장을 압박하는 오싹한 느낌만은 어쩔 수가 없었다.

"좀 말해줄래? 그거 궁금해하는 친구가 있어서 말이야."

[검사… 나쁜 새끼.]

여학생의 입에서 별안간 저주가 튀어나왔다.

저주!

어째서 아닐까? 섬뜩한 눈빛과 함께 주변이 서늘해지더니 그 음기가 뼈를 투과하는 듯 소름이 끼쳐 왔다.

"괜찮을 거예요."

어쩔까 싶을 때 민민의 소리가 들렸다. 승우는 떨리는 오금을 바로 세웠다. 그사이 이마에 맺힌 식은땀이 툭 떨어졌다.

본능적으로 느낀 공포의 결과였다.

'나쁜 새끼?'

승우는 긴장한 채 여학생을 바라보았다.

[나 죽었을 때 형사가 팔뚝에 눌린 자국 있다고 타살 가능성 의견을 냈는데 검사가 무시했어. 바쁘다고. 그래서 나 억울하게 죽었어.]

여학생의 입에서 피가 뚝뚝 흘러내렸다. 하지만 바닥에 떨어지면 그건 연기가 되어 사라졌다. 승우는 마른침을 넘기며 참고 또 참았다.

"그럼 뭐야? 너 진짜 자살이 아니라는 거야?"

승우가 물었다. 민민의 말대로 승우에게 어떤 위해를 가할 건 아닌 듯싶었다.

[그 사람, 그 짐승, 그 악마가 나를 밀었어. 내가 자기 아기를 가졌다고 하자… 할머니에게 말하겠다고 하자…….]

"……?"

[내가 반항하자 내 팔뚝 잡고 밀었어. 그런데 검사가 그거 무시했어. 그래서 나 억울해서 혼령이 되었어.]

"……."

[그런데 또 재수 없는 검사?]

여학생이 승우 얼굴까지 소리 없이 다가왔다가 물러났다. 잠깐이지만 남극 빙산에 닿은 것처럼 미치도록 서늘했다. 승우는 얼른 도리질을 했다. 귀신이 옮는 건 싫었다. 돌아보니 민민은 보고만 있었다. 승우의 가슴 높이에서 살랑거리며.

"좋아. 억울해? 내가 범인 잡아다 철장에 넣어줄게. 그러니까 좀 부탁해."

승우는 건성으로 여학생을 바라보았다. 민민이 그제야 입을 열었다.

"그건 너무 형식적이잖아요? 진심으로 대하세요. 저 누나는 아저씨 마음을 알 수 있어요."

"진심? 이보다 더 어떻게? 나 지금 무지무지하게 간절하거든."

"아뇨. 하나도 간절하지 않아요. 그냥 귀찮아서 죽겠다는 얼굴이라고요."

"그, 그게 다 보이냐?"

"내가 뭐 달리 혼령인가요?"

"……."

"아니면 그냥 가요. 그런 식이라면 시간 낭비에 불과하니까."

"아니야, 잠깐!"

승우가 민민의 말을 막았다.

맞았다.

솔직히 귀찮았다. 승우는 검사. 그러니 하찮은 혼령 따위는 묻는 말에 예, 아니오로 대답이나 하면 되었다. 그런데 그렇다고 그냥 돌아가기에는 좀 아까웠다.

재벌의 투신자살!

상부에서도 골머리를 앓는 사건이었다. 정황상 자살이 성립되었다. 하지만 전체적인 분위기로 보면 타살의 기미도 있었다.

그런 이 사건!

승우가 떡하니 해결한다면?

게다가 덤으로 임신한 여학생을 살해한 살인범까지?

"약속한다. 내가 하늘에 맹세코 네 범인 잡아서 처벌해 주마."

전리품에 솔깃해진 승우가 반듯한 자세로 말했다.

[정말이죠?]

여학생이 물었다.

"그래. 인간 송승우의 명예를 걸고."

여학생이 민민을 바라보았다. 민민은 그 자리에서 하늘거렸다. 그제야 여학생의 입이 열렸다.

[그 아저씨, 다른 사람들이 죽였어요.]

"……?"

간단히 열린 여학생의 입, 그러나 승우는 그 순간 경악에 빠지고 말았다.

[범인은 두 명이에요. 한 명은 협박하고, 한 명은 전화를 걸면서 지켜보고 있었어요.]

"그 말… 정말이냐?"

승우는 믿기지 않아 되물었다.

[내가 뭣 하러 거짓말을 해요?]

"그럼 누가? 어떻게? 왜?"

[하나씩만 물어주세요.]

"오케이. 누가?"

[이 실장… 이름은 그것밖에 몰라요. 한 사람이 그렇게 불렀거든요.]

이 실장!

한강에서 모래알 찾을 호칭.

"어떻게?"

[유서를 강요했어요. 아니면 가족들과 친척들까지 곤란해진다고.]

유서!

김혁을 난감하게 만든 그 유서. 유서가 나옴으로써 자살이 유력해진 상황.

[그런 다음에 뛰어내리라고 했고… 그 아저씨가 망설이자 덩치 큰 사람이 메다꽂아 버렸어요.]

메다꽂기!

사체의 상태와 상당 부분 일치하는 말이다. 사망자는 그냥 뛰어내린 사람보다 처참하게 부서진 채 죽었던 것이다.

"왜?"

승우는 떨리는 목소리를 참으며 물었다. 이제는 혼령이 무서워서가 아니라 어긋남이 없는 증언이기에 그랬다.

미지의 사건, 혹은 미궁의 사건으로 접근해 가는 짜릿함. 그리하여 마침내 사건의 문을 여는 키가 맞아떨어졌을 때의 그 카타르시스와 보람…….

그건 초임 때 미치도록 범인을 잡고 싶어 미친 듯이 뛰던 날 이후로 처음 느낀 감정이었다.

[협박한 사람들과 비밀 사업을 했나 봐요. 죽은 아저씨가 반발했어요. 지원이 끊겨 막다른 곳에 몰린 건데, 그게 자기 책임이냐고. 협박자들은 이미 돌이킬 수 없다고 했어요. 당신이 책임지고 끝내는 게 좋겠다고.]

'비밀 사업?'

승우의 머리가 바쁘게 돌기 시작했다. 재벌 사업가와 하는 비밀 사업. 그렇다면 몇 가지가 짚였다. 그 첫째가 대북사업, 둘째는 정권의 비자금을 위한 해외 개발이나 투자.

"좋아, 나이나 얼굴은?"

[옛날 생각이 나서 자세히 보지 않았어요.]

'허얼!'

잔뜩 부풀었던 풍선에서 바람이 쭉 빠져나갔다. 이렇게 되면 단서는 이 실장이라는 직함과 덩치 큰 남자, 그리고 죽은 사업가가 벌인 비밀 사업뿐이다.

하지만 여학생의 다음 말에 승우의 귀가 쫑긋 서버렸다.

[대신 차 번호는 봤어요. 못된 놈들 같아서 따라가 봤는데 저 뒤에서 차를 타고 가더라고요.]

'차?'

[빌딩 지하상가 뒤쪽 출입구, 그리고 골목으로 돌았어요. 거기서 4979······.]

젠장!

듣고 있던 승우가 인상을 긁었다. 하필이면 승우의 차 번호와 같았던 것. 그나마 개성 있는 번호라고 구청 차 번호 담당자를 쪼아서 받은 번호인데 범인 차의 번호와 같다니 정나미가 떨어졌다.

[제가 할 말은 다 했어요. 약속했으니 제 범인 꼭 잡아주세요.]

"그러지."

승우는 이번에는 진심으로 응수했다.

차 번호가 나온 마당. 더구나 범행 과정까지 선명하게 입력되었다. 이제 지검장과 오 부장, 김혁을 놀라게 하는 건 시간문제에 불과했다.

끼익!

자정이 가까운 시간, 승우는 다시 검찰청으로 돌아왔다. 표표 때문이다.

딸깍!

조사실 문을 열었다. 표표는 그때까지도 한 치의 흔들림도 없이 의자에 앉아 있었다. 테이블을 보았다. 아까 두고 간 물도 그대로였다. 물 한 모금 마시지 않은 것이다. 엄청난 인내였다.

"마셔."

승우는 물잔을 밀어주었다.

"어떡하실 거예요?"

표표가 물었다.

어떻게 할까?

생각하던 승우는 머리카락을 뽑았다. 설명은 민민에게 맡기는 게 좋을 것 같았다.

사라락!

머리카락이 오른 손목에 떨어지자 민민이 투명한 빛으로 피어올랐다.

"민민!"

표표가 일어났다. 완전 자동이었다. 마치 민민이 보이기라도 하는 듯이.

'그다음엔 눈물……'

승우는 못 본 척 중얼거렸다. 표표의 눈에서 눈물이 아롱져 내렸다.

"민민……."

표표는 하늘거리는 투명 빛을 너무나 소중하게 끌어안았다.

"준비해. 뮤뮤와 민민의 시신은 내가 인도하게 해줄게. 비행기 표도 일등석으로……."

지켜보던 승우가 조용히 말했다. 표표의 숙연함이 옳은 것일까? 승우의 목소리에서는 싸가지가 엿보이지 않았다.

승우는 그실로 김혁의 섬사실로 향했다.

일벌레 김혁은 그 시간에도 사건을 해결하기 위해 궁리하고 있었다. 얼마나 몰두하고 있는지는 책상이 말해주었다. 자장면 먹는 시간도 아까웠는지 불어터진 채 방치되어 있었기 때문이다.

"김 검사!"

"어? 아직 안 들어갔어?"

김혁이 반색을 했다.

"김 검사가 이렇게 고생하는데 내가 어떻게?"

"무속인들의 견해는 나왔어?"

"나왔지. 영적 살인의 예에 비추어보면 얼마든지 그럴 수도 있다더군."

"그럼 우병길의 정신 감정이 문제로군."

"그것도 제대로 나왔어."

"그럼 다행이네. 사실 갑자기 이승준 건 마무리하라는 상부의 지시가 떨어져서 정신이 좀 없어."

"어떻게 마무리할 건데?"

승우가 넌지시 물었다.

"어쩌겠어? 약간 미심쩍은 부분은 있지만 타살 단서가 없으니 자살로 끝내는 수밖에."

툭!

승우가 김혁 앞에 전화번호를 던져놓았다.

"뭐야?"

"이승준 타살이야. 그 범인들이 범행에 쓴 차량 번호이고."

"송 검사……."

"차량 조회했더니 서린무역이라고 유령 회사 비슷한 곳이래. 그런데 그게 모 기관원들의 안가라는 말이 있어."

"안가?"

"이승준이 걔들하고 비밀 사업을 같이했어. 그런데 일이 좀 꼬였나 봐. 그러니까 걔들이 미리 정리한 거지."

"송 검사……."

"걔들, 치밀하게 지하상가 쪽으로 출입했더라고. 거기는 CCTV 없지?"

"그건 또 어떻게 알았어?"

"김 검사가 나 도와주고 있잖아. 그래서 나도 머리 좀 짜봤지. 거기로 나와서 골목으로 돌면 주택가가 나와. 거기 한 대문 안에 불법 쓰레기 투기 감시용 개인 CCTV가 있던데 한번 점검해 봐."

"……."

"아, 범인은 두 놈인데 한 놈은 지시하고 한 놈이 유서를 받은 후에 메다꽂았어. 그놈, 어쩌면 유도선수일지도 몰라."

"……."

"물론 그 두 놈이 몸통은 아니겠지. 그건 김 검사가 알아서 하고."

승우는 김혁의 어깨를 톡톡 쳐주고는 그 방을 나왔다. 등 뒤로 김혁의 속절없는 시선이 느껴졌다. 건성건성 날로 먹던 승우. 그걸 모르는 김혁이 아니다.

그런데 김혁이 아는 승우는 죄다 잘못된 일이었다. 요 최근 며칠만 해도 그렇다. 송승우, 마치 허허실실, 외유내강형 인간의 정석을 보여주고 있었다. 겉으로는 설렁설렁하지만 날카롭게, 디테일하게 빈틈없는 면을 갖추고 있지 않은가?

'기관의 공작?'

김혁은 파르르 전율했다. 찜찜하지만 그냥 마감하려던 사건이다. 그런데 매우 순도가 높은 단서가 들어왔다. 만약 승우의 말이 맞는다면 이건 그야말로 지상 최강의 단서였다.

자정이 가까웠다.

표표를 임시로 모텔에 넣어준 승우는 집으로 돌아왔다. 샤워를 마치니 긴장이 풀리면서 삶은 국수처럼 몸이 늘어졌다. 불을 끄고 침대에 앉았다. 시계를 보니 초침이 분주하게 자정을 향해 달려갔다.

자정.

어느새 공포의 대상이 되어버린 시간. 승우는 오른 손목을 바라보았다. 쓰다듬기도 했다. 아무것도, 그 어떤 느낌도 오지 않는다.

하지만 이 안에는 민민이 있다.

미얀마의 혼!

제 아버지의 나라를 찾아온 어린 꼬마. 그 낯선 땅에 살려고 나면서부터 익혀온 한국말. 그리고 그 작은 가슴에 그리던 아버지…….

꼬마의 꿈은 단숨에 날아갔다. 아니, 그냥 날아간 게 아니었다.

뮤뮤!

신병이 걸려 오래 살지 못할 거라지만 그 생명의 불 또한 당겨졌다. 깊은 밤, 골똘히 생각하니 측은했다. 엄마가 무당이던 승우. 온갖 놀림을 받으며 자랐지만 그래도 엄마는 살인은 당하지 않았다. 더구나 민민을 죽인 게 누구인가? 이강순은 이유가 어쨌든 그의 아버지였다.

아버지!

얼마나 참담했을까? 아버지의 손에 죽임을 당했다는 사실이. 거기까지 생각하니 분노가 치솟았다. 이강순은 어쩌면 죽어 마땅한 인간이었다.

어쨌든 정신없이 지나간 하루였다. 사실 승우는 아직도 믿기지 않았다.

혼?

그리고 그 혼이 가져다준 정보들.

사실일까?

적중할까?

그냥 자고 나면 한바탕 꿈이 아니었을까?

지친 몸이지만 그런 의문이 들었다. 하지만 그 무엇보다 강력한 또 하나의 의문이 있었으니 바로 불면증이었다.

밤 12시!

핸드폰의 시계가 정확하게 12시를 나타냈다. 핸드폰이니 의심할 여지도 없다. 요즘 1초가 그냥 1초인가? 원소번호 133번 세슘원자가 무려 9,192,631,770번 진동하는 데 걸리는 시간이란다.

승우는 반듯이 누워 눈을 감았다.

"⋯⋯!"

과연 소리가 들리지 않았다.

귀를 세우고 한 번 더 주의를 기울였다.

그래도 마찬가지. 승우의 귀에 들리는 건 적막의 요란한 울림뿐이었다. 너무나 조용해서 소리가 안으로 들리는 듯한.

승우는 벌떡 일어나 머리카락을 뽑았다.

민민이 아스라한 빛이 되어 등장했다.

"오늘은 나 잘 수 있는 거냐?"

담담하게 물었다.

"그건 내가 결정하는 게 아니에요."

"그럼 네 엄마 뮤뮤?"

"이제는 아저씨 자신!"

"나 결혼 안 했다. 형이라고 불러라."

"아저씨가 알맞은 거 같은데요?"

민민은 맑게 하늘거리며 웃었다. 어찌나 맑은 소리인지 따질 의욕마저 사라져 버렸다.

"고집은. 하긴 오늘도 착한 일 하기는 했지."

"오늘보다 내일이 더 중요하대요."

"됐고, 너는 언제 자냐?"

"잠은 안 자고 그냥 쉬어요. 혼은 잠을 잘 필요가 없거든요."

"먹는 건?"

"그것도 마찬가지예요.

"편하네."

"정말요?"

민민이 물었다. 그제야 승우는 그게 얼마나 생각 없이 뱉은 소리인 줄 깨달았다.

"미안!"

진심이다. 아무리 편하기로 죽은 사람이 부러울 수는 없었다.

"근데… 아까 빌딩에서 있던 일 환상 아니지?"

"그럼요."

"만약 날 속인 거면 나 진짜 팔 자를지도 모른다. 너는 미얀마에서 살아서 모르겠지만 대한민국 의술이 기가 막혀요. 자르고 로봇 팔 달아도 감쪽같아."

물론 거짓말이다. 사람 손 같은 로봇 팔이 어디 있을까? 그리고 대한민국 의술이 무슨 기가 막힐까? 메르스 하나 막지 못하는 겉만 화려한 형국이다.

"아까 그 혼령이 한 말 잊었어요? 진짜라고 했잖아요."

"그럼 앞으로도 나 계속 도울 수 있는 거냐?"

"당연하죠. 아저씨하고 나는 두 몸 같은 한 몸인걸요."

"그럼 너도 이제 내 빠라끌리또네."

"빠라끌리또요?"

"그런 거 있어. 내 협력자들. 하긴 너 같은 협력자는 상상도 못 했다만."

"나도 아저씨 같은 양심 불량이랑 한데 어울릴 줄은 꿈도 못 꿨어요."

"뭐야, 양심 불량?"

발끈 소리를 높였지만 틀린 말은 아니었다. 송승우, 그동안 얼마나 개판 오 분 전의 인생을 살았는가? 그나마 빛나는 처세술이 아니었다면 진작 검찰청에서 잘렸을지도 모를 일이다.

"그런데… 너도 아냐? 네 엄마가 단지 안에서 발견되었을 때… 눈 번쩍 뜬 거."

"그럼요."

"그렇지? 너도 봤지?"

승우가 또 소리를 높였다.

"엄마가… 나를 보내며… 마지막으로 보고 간 거예요. 나하고 아저씨… 내 몸이 들어간 아저씨가 어떤 사람인가 하고."

민민의 흔들림에서 엷은 슬픔이 느껴졌다.

"넌 언제 하늘로 가는 거냐?"

승우가 화제를 돌렸다.

"재수 없이 나쁜 아저씨 몸에 붙었으니 시간이 걸릴지도 몰라요."

"뭐야?"

"아저씨가 착한 일 많이 하면 좀 빨리? 그렇지 않고 지금처럼 막살면 영영 하늘에 못 가고 혼령으로 살지도 몰라요."

"완전 협박을 하는구나. 그러니까 내가 이대로 살면 너도 죽고 나도 죽네? 너는 하늘에 못 가서 그렇고, 나는 불면증 때문에 말라죽고."

"그러니까 착하게 살면 되잖아요. 그게 얼마나 바람직한 일인데."

"아, 그건 그렇고, 너, 이강순 집에 가도 혼령을 볼 수 있냐?"

"그거야 당연하죠."

"거기서 내가 못 찾은 게 또 있냐?"

"아뇨. 엄마가 아저씨를 도와서 다 알려줬어요."

"오라, 단지 아래의 유골, 그리고 양동이의 혈흔?"

"네!"

"쳇, 그럼 그때 오줌이 안 나온 것도?"

"네?"

"아니다. 이제 슬슬 잠이 오네. 오늘 밤은 나 건드리지 마라."

승우가 하품을 하자 민민은 희미하게 사그라졌다.

그리고 승우는 폭풍 코골이까지 하면서 미치도록 단잠을 잤다. 꿈도 꾸지 않았다. 그 깊은 승우의 단잠을 방해한 건 아침에 걸려온 김혁의 전화였다.

"여보세요!"

승우는 훤해진 창을 보며 전화를 받았다. 고맙게도 늘 거뜬하게 일어나던 아침 일곱 시, 그 시간이었다.

─송 검사, 괜찮으면 빨리 좀 나와 줘.

김혁의 목소리는 흥분해 있었다.

"왜? 또 뭐 나왔어?"

─그거 말이야. 어젯밤에 나한테 넘겨준 단서. 그걸로 용의자 두 명 소환해 왔어. 송 검사 말이 직빵이더라고!

"……?"

─빨리 나와. 지검장님에게 보고할 건데, 같이 들어가야지.

같이? 승우의 머리에 파란 불이 번쩍 들어왔다.

같이 보고.

그럼 결정적인 단서를 찾아낸 게 누군지도 자연스럽게 밝혀지게 되어 있다. 그럼 누가 뜨게 되는 건가?

"나이스!"

쾌재를 부른 승우는 서둘러 양치질을 했다. 간만에 푹 자고 일어난 아침. 그 아침부터 행운이 찾아왔다. 긴가민가하던 민민과의 일이 꿈이 아닌 사실로 드러난 것이다.

혼령들.

골목 곳곳, 아니, 어디든 CCTV처럼 퍼져 있을 그들. 그처럼 유용하고 착한 목격자가 어디 있을까? 그보다 유용한 빠라끌리또가 어디 있을까? 게다가 아직 입도 뻥긋하지 않은 아이템까지 남아 있는 승우. 이래저래 밥을 안 먹어도 배가 빵빵하게 부른 아침이었다.

짝짝짝!

아침 여덟 시, 일찌감치 모여든 지검장과 차장 이하 간부들이 박수를 쳤다. 그 작은 회의실로 김혁이 들어섰다.

"이승준 투신자살에 대한 단서가 나왔다고?"

지검장이 먼저 물었다.

"예."

대답하는 김혁의 목소리는 무척이나 가벼웠다.

"타살인가?"

"예!"

"으음."

순간 간부진 입에서 일제히 신음이 새어 나왔다.

"범인은?"

오 부장이 질문의 바통을 받았다.

"위장하기는 했지만 모 기관의 직원들인 것 같은데, 아무래도 배후가 있는 것 같습니다."

"배후?"

이번에는 지검장이 고개를 들었다.

"이승준. 다시 수색영장 집행 중입니다. 아무래도 비밀 사업에 손을 대고 있던 것 같습니다.

"비밀 사업이라니? 구체적으로 말해보게."

이번에는 허 차장이었다.

"제가 판단하기로는 대북사업 같습니다만……."

"……!"

김혁의 말이 떨어지자 장내에 일순 침묵의 소용돌이가 일었다.

대북사업! 그 자체로도 아주 민감한 단어이다.

"그럼 배후가?"

지검장도 조심스럽다. 거기까지 말하고는 김혁의 말을 기다렸다.

"피의자들이 묵비권을 행사하고 있지만 수색영장이 집행되면 단서가 나올 것 같습니다."

"아무튼 역시 김 검사로군. 박수무당 엽기 살해 사건 지원하느라 바쁠 텐데 이쪽까지 개가를 올리다니."

지검장이 애정 어린 시선을 보내주었다. 순간 김혁이 기다렸다는 듯이 입을 열었다.

"죄송하지만 이 사건 해결의 핵심 실마리를 준 검사는 따로 있습니다."

"따로?"

다시 한 번 장내가 술렁거렸다.

"잠깐 올라오지?"

김혁이 핸드폰에 대고 말했다. 오래지 않아 발소리가 들려왔다. 지검장과 간부들은 일제히 입구를 바라보았다. 지검에서 최고로 꼽히는 김혁. 그런 김혁도 전전긍긍하던 사건의 실마리를 준 게 대체 누구란 말인가?

저벅!

다가오던 발이 문 앞에서 멈췄다. 그리고 잠시 후 모습을 드러낸 승우를 보고 간부 일동은 홀딱 뒤집히고 말았다.

"송 검사?"

서너 명이 받은소리를 냈지만 그 표정은 반신반의하고 있었다. 다른 사람은 몰라도 송 검사라니? 온갖 비리에 관련되면서 검찰의 위상을 땅에 떨어뜨린 그 발칙한 송 검사라니…….

"바로 송 검사입니다. 제게 결정적인 단서를 가져다준 검사."

"대체 어떤 단서를 가져다줬단 말인가?"

맨 뒤에 있던 양 부장이 물었다. 그는 승우가 등장한 순간부터 미심쩍은 눈길을 던졌다.

"퍼펙트한 단서였습니다. 마치 사건 현장을 보기나 한 듯이 정확한 정황, 범인 중 한 명이 유도선수일 수도 있다는 단서. 실제 피의자 중의 한 명이 유도 4단 출신입니다. 그리고 피의자들이 건물의 약점을 노려 완벽하게 움직인 동선까지."

"……!"

양 부장은 그 자리에서 입을 다물었다. 다른 사람도 아니고 김혁의 입에서 나온 말이다. 거기다 이의를 단다는 건 지검장 앞에서 점수 까먹기에 다름이 아니었다.

"허어, 요즘 송 검사가 대오각성을 했나? 갑자기 사건을 해결하는 미다스의 손이 되었네?"

양 부장 옆에 앉은 장 부장도 혼잣말로 중얼거렸다.

"그러게. 이거 등잔 밑이 어둡다더니 이런 인물을 여태 잘 못 보고 있던 건가?"

이번에는 허 차장이다.

"등잔 밑을 말씀하시니 말씀드릴 사건이 더 있습니다."

분위기를 즐기던 승우가 마침내 작심하고 물꼬를 텄다.

"또?"

주목하던 오 부장이 고개를 들었다.

"이승준이 투신했다는 그 건물 말입니다. 8년 전에 그 빌딩 옥상에서 투신한 사람이 또 있더군요. 그 회사 사환이던 여고생. 하지만 그 사건 또한 자살이 아니었습니다."

"……?"

이번에는 김혁의 시선도 쏠려왔다. 승우가 아직 김혁에게도 말하지 않은 탓이다.

"거기 대기업의 이사가 사환이던 여고생을 농락하다 임신이 되자 옥상에서 밀어버린 사건입니다. 당시 어떤 선배 검사분이 대충 검토하고 자살로 결정한 사건인데 이 사건 또한 살인입니다."

"이봐!"

뒤에 있던 양 부장이 벌떡 일어섰다. 그 사건, 바로 양 부장이 부부장검사 때 맡은 사건이었다.

"그건 자살이 맞아. 여고생이 할머니와 살면서 성적과 생활고를 비관해서 죽은 거라고."

"당사자를 참고인으로 데려오라고 수사관을 보냈습니다. 결과가 나오면 따로 보고드리겠습니다."

"뭐야? 아니, 대체 누가 무슨 제보를 했길래?"

양 부장은 거품을 물었다. 그 자신이 처리한 사건. 승우 말이 맞는다면 커다란 흠이 될 일이었다.

"그리고……."

승우는 내친김에 쭉쭉 내달렸다.

"17년 전 이 건물을 지을 때 중국인 인부 한 사람이 행방불명된 사건이 있었습니다."

"17년 전?"

오 부장이 승우를 바라보았다. 아직까지는 승우의 본질에 대한 선입견이 남아 있는 오 부장. 이 친구가 너무 질러가는 건 아닌가? 그의 눈가에 작은 우려가 맺히기 시작했다.

"그것 또한 행불이 아니고 살인입니다. 동료 인부들이 그를 죽여 암매장한 겁니다."

"그것도 송 검사가 알아냈다는 건가?"

"예!"

양 부장의 질문에 승우는 한마디로 답했다.

"우!"

간부들 사이에서 감탄과 신음이 섞여 나왔다.

"허, 시간이 그렇게 남아도나? 케케묵은 옛날에 해결된 사건들을 뒤지고 있게?"

양 부장은 여전히 부정적이었다. 그러자 승우는 그를 아예 제쳐 버렸다.

"못 믿으시는 거 같은데, 잠시 시간을 내주시면 제가 증거를 보여드리겠습니다."

"증거라고?"

"지검장님, 그리고 존경하는 차장님, 부장님들, 잠시 일어나 주시겠습니까?"

승우가 앞서 걸었다. 간부들은 긴가민가하면서 그 뒤를 따랐다.

승우가 멈춘 곳은 건물 뒤쪽이었다. 조사실의 벽이 훤히 보이는 곳. 그곳에는 언제 왔는지 포클레인이 한 대 서 있었다.

"집행영장입니다. 법원도 지검 박살 나는 걸 바라는지 그 자리에서 영장을 내주더군요."

승우가 집행영장을 내밀 때까지도 지검장과 부장들은 눈만 뒤룩거렸다. 상황을 모르기 때문이다.

"포클레인으로 뭘 어쩌려고? 건물 밑을 파기라도 할 건가?"

오 부장이 물었다.

"어이, 나수미 씨!"

승우는 대답 대신 조사실을 향해 소리쳤다.

"예, 검사님. 기물 다 옮겼어요."

나수미가 조사실 창에서 대답했다. 그러고 보니 건물에는 유리창도 다 빠져 있었다.

"송 검사, 설마……?"

오 부장은 그제야 뭔가 이상한 눈치를 채고 승우를 바라보지만 때는 이미 늦은 후였다.

땅땅땅땅땅!

포클레인이 바로 벽을 뚫기 시작했다. 승우가 표시를 해둔 그곳이었다.

"송 검사, 미쳤어?"

놀란 오 부장이 승우를 말렸다.

"조금만 기다려 보세요."

승우는 오 부장을 진정시켰다.

"뭔지 몰라도 당장 중지해. 이거 보자 보자 하니까……."

지검장의 인내심도 그 즈음에서 바닥이 난 모양이다.

"지검장님 말씀 못 들었어? 저거 당장 중지시켜?"

기다렸다는 듯이 양 부장이 각을 세우고 나왔다. 그때, 승우를 지원하고 나선 게 김혁이었다.

"어차피 법원 영장까지 나온 일입니다. 송 검사를 믿고 조금 기다려 주시는 게……."

신뢰는 거대한 성벽이라는 말이 있다. 김혁이라는 성벽이 나서니 부장들이 주춤거렸다. 그사이에 포클레인은 남은 벽을 뭉개고 있었다.

따당따당!

『빠라끌리또』 2권에 계속…

초대형 24시 만화방

신간 100%, 샤워실, 흡연실, 수면실(침대석), 커플석, 세탁기 완비

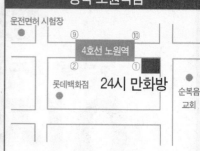
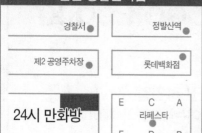
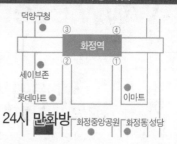
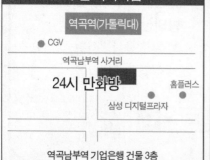
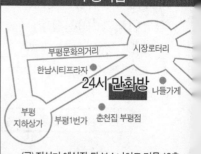

월야환담

채월야 · 홍정훈 장편 소설

내일을 향해 쏴라

김형석 장편 소설

FUSION FANTASTIC STORY

1만 시간의 법칙!
'성공은 1만 시간의 노력이 만든다'는 뜻이다.

그러나…
사회복지학과 복학생 수,
전공 실습으로 나간 호스피스 병동에서
미지와 조우하다.

1만 시간의 법칙?
아니, 1분의 법칙!

전무후무한 능력이 수에게 강림하다!
맨주먹 하나로 시작한 수의
인생역전이 시작된다!

Book Publishing CHUNGEORAM

유행이 아닌 자유추구
WWW.chungeoram.com

FUSION FANTASTIC STORY

말리브해적 장편소설

MLB 메이저리그

Book Publishing CHUNGEORAM

유행이아닌 자유추구-
WWW.chungeoram.com

이경영 판타지 장편소설

FANTASY FRONTIER SPIRIT

그라니트

용들의 땅

G R A N I T E

사고로 위장된 사건에 의해 동료를 모두 잃고 서로를 만나게 된 '치프'와 '데스디아'.
사건의 이면에 상식을 벗어난 음모가 있음을 알게 된 둘은
동료들의 죽음을 가슴에 새긴 채 각자의 고향으로 돌아간다.
2년 후, 뜻하지 않게 다시 만난 두 사람은 동료들의 복수를 위해
개척용역회사 '그라니트 용역'을 설립해 다시금 그 땅을 찾게 되는데……

용들이 지배하는 땅 그라니트!
그곳에서 펼쳐지는 고대로부터 이어지는 운명적 만남,
깊어지는 오해, 그리고 채워지는 상처.

『가즈 나이트』시리즈 이경영 작가의 미래형 판타지 신작!

Book Publishing CHUNGEORAM

유행이 아닌 자유추구 -
WWW.chungeoram.com